古典詩歌研究彙刊

第十輯

龔鵬程 主編

第7冊

賀方回詞研究

陳靜芬 著

國家圖書館出版品預行編目資料

賀方回詞研究／陳靜芬 著 — 初版 — 新北市：花木蘭文化出
版社，2011〔民100〕
目 2+156 面；17×24 公分
（古典詩歌研究彙刊 第十輯：第 7 冊）
ISBN 978-986-254-580-5（精裝）
1.（宋）賀方回 2. 宋詞 3. 詞論
820.91   100015350

ISBN-978-986-254-580-5

9 789862 545805

古典詩歌研究彙刊
第十輯 第 七 冊   ISBN：978-986-254-580-5

賀方回詞研究

作 者 陳靜芬
主 編 龔鵬程
總 編 輯 杜潔祥
出 版 花木蘭文化出版社
發 行 所 花木蘭文化出版社
發 行 人 高小娟
聯 絡 地 址 新北市永和區中正路五九五號七樓
          電話：02-2923-1455／傳眞：02-2923-1452
網 址 http://www.huamulan.tw 信箱 sut81518@gmail.com
印 刷 普羅文化出版廣告事業
初 版 2011 年 9 月
定 價 第十輯 20 冊（精裝）新台幣 28,000 元

賀方回詞研究

陳靜芬 著

作者簡介

陳靜芬，台灣桃園人，輔仁大學中文研究所碩士。主要以宋詞及中晚唐詩、現代詩為研究範疇。任教於明新科技大學人文社會與科學學院人文藝術組，講授中文領域、現代詩與人生、唐詩等課程。

提　　要

　　賀方回乃北宋毀譽紛岐的一大詞人，其詞在文學史上雖無特殊的開創意義，但就其詞的藝術成就而言，卻不容輕忽，是以本論文擬就其詞作一全面性的分析探討，俾使釐清紛紜眾說，而貞定其在詞史上應有之地位。

　　本論文共分六章。第一章敘方回之先世及生平。第二章就方回與圍繞其週遭之社會、人物、自然、歷史之間的關係，探討其詞的內容。第三章就遣辭造句、韻律節奏、章法結構三方面討論其詞的藝術技巧。第四章將方回詞置諸詞史之中，以觀其風格的特色。第五章配合前面各章的探討結果，對方回詞譽的升沉變化作一客觀的述評及辨析。第六章結論，確定方回在詞史上的地位及價值。

緒　言 …………………………………………………… 1

第一章　賀方回的先世與生平簡述 ………………… 5

　第一節　賀方回的先世 ………………………………… 5

　第二節　賀方回的生平 ………………………………… 7

第二章　賀方回詞的內容分析 ……………………… 17

　第一節　理想與現實的困境 ………………………… 18

　第二節　閨怨邊塞的低吟 …………………………… 25

　第三節　人間情愛的執著 …………………………… 29

　第四節　山水田園的嚮往 …………………………… 35

　第五節　歷史流程的省思 …………………………… 39

　第六節　坊曲情懷的呈現 …………………………… 43

第三章　賀方回詞的藝術技巧 ……………………… 47

　第一節　遣辭造句 …………………………………… 48

　　一、鍊字 …………………………………………… 48

　　二、麗藻 …………………………………………… 53

　　三、用典 …………………………………………… 56

　第二節　韻律節奏 …………………………………… 67

　　一、詞牌 …………………………………………… 68

　　二、平仄 …………………………………………… 72

　　三、用韻 …………………………………………… 77

　　四、句式 …………………………………………… 83

　第三節　章法結構 …………………………………… 88

　　一、情景的配置 …………………………………… 88

　　二、情境的逆轉 …………………………………… 93

第四章　賀方回詞的風格 …………………………… 95

第五章　賀方回詞譽之升沉及平議 ……………… 107

第六章　結　論 ……………………………………… 121

參考書目舉要 ………………………………………… 125

附錄：歐陽修六一詞初探 ………………………… 131

目

次

緒　言

　　就詞縱的發展而言，北宋詞無疑源諸花間、南唐而來。及至柳
永、蘇軾分別爲詞的形式與內容注入新的源頭活水之後，宋詞的形式
始突破花間的小令而有長調的創作，內容也在旖旎傷情之外，開展出
一片繽紛遼濶、無所不包的境域。北宋詞壇中眞正能承繼柳永革新詞
體，致力長調創作的作家有秦觀、賀方回、周邦彥，而其中同時又致
力於內容向上開展，接武東坡的作家則唯賀方回一人耳，秦、周則仍
未脫傷春惜別之情。就橫的發展而言，北宋的詞由於受柳、蘇影響而
在風格上展現多樣化。在這些作家中，企圖揉合各家風格，完成集大
成之使命者，唯秦、賀、周三人。是以由縱橫兩方面的觀察，賀方回
均佔有很重要的地位。其在內容上的擴張，是超類群倫的，在藝術技
巧方面，他的造詣精深而與周美成並稱於宋世，如《碧雞漫志》云：

　　世間有離騷，惟賀方回、周美成時時得之。賀六州歌頭、
　　望湘人、吳音子諸曲，周大酺、蘭陵王諸曲最奇崛。〔註1〕

近人薛礪若更謂方回與柳、秦、蘇、毛四家並列，而「造成北宋詞中
最燦爛絢麗的一段，而且概括了中國整個詞學的作風。」〔註2〕可見
方回之成就必然不容輕忽而值得探討。

────────────

〔註1〕王灼，《碧雞漫志》，卷二，詞話叢編本，頁34。
〔註2〕薛礪若，《宋詞通論》，頁109。

其次，方回具雙重性格，程俱《北山小集》云：

> 方回少時，俠氣蓋一座，馳馬走狗，飲酒如長鯨，然遇空
> 無有時，俛首北窗下，作牛毛小楷，雌黃不去手，反如寒
> 苦一書生。（卷十五，〈賀方回詩序〉）

其性格一飛揚，一沈靜，正如其詞一豪放，一婉約，極具特色。歷來
詩人除少數大家能將其個性鮮明的在作品中呈現外，其餘多不能也，
是以遺山對潘岳有「心畫心聲總失眞」之歎，故益可見方回之率眞與
難得。

另外，歷來對方回詞的毀譽參半，譽之者如陳廷焯《白雨齋詞
話》云：

> 方回詞胸中、眼中另有一種傷心說不出處，全得力於楚騷，
> 運以變化，允推神品。〔註3〕

龍沐勛云：

> 無論就豪放方面、婉約方面、技術方面、音律方面乃至白
> 話方面，在方回詞中，蓋無一不擅勝場，即推爲兼有東坡、
> 美成之二派之長，似亦不爲過譽。〔註4〕

毀之者如王國維《人間詞話》云：

> 北宋名家以方回爲最次，其詞如歷下、新城之詩，非不華
> 贍，惜少眞味。〔註5〕

劉體仁《七頌堂詞繹》云：

> 若賀方回，非不楚楚，總拾牙慧，何足比數。〔註6〕

紛紛之說，令人莫知所從，而實有澄清之必要。

方回的成就既不容忽略，本身又具有異乎常人的雙重性格，而
前人毀譽之間又相計千里，基於這種種原因，筆者乃不揣固陋撰「賀
方回詞研究」一文，欲釐清眾論，以評定其詞的歷史地位及藝術成

〔註3〕詞話叢編本，頁3809。
〔註4〕龍沐勛，〈論賀方回質胡適之先生〉一文，載詞學季刊三卷三號。
〔註5〕詞話叢編本，頁426。
〔註6〕詞話叢編本，頁628。

就。本文共分六章：第一章敘方回之先世及生平。第二章就方回與圍繞其週遭之社會、人物、自然、歷史之間的關係，分六節探討其詞的內容。第三章就遣辭造句、韻律節奏、章法結構三方面討論其詞的藝術成就。第四章將方回詞置諸詞史之中，以觀其風格的特色，第五章配合前面各章的探討結果，對方回詞譽的升沉變化作一客觀的述評及辨析，以期作一公正的論斷。第六章結論，確定方回在詞史上的地位及價值。

　　最後附帶一提關於方回詞的版本流傳情形。方回詞最初有《直齋書錄解題錄》載《東山寓聲樂府》三卷，《敬齋古今黈》引《東山樂府別集》，然均不傳。瞿氏鐵琴銅劍樓藏宋槧《東山詞》殘本，上下卷目錄具全，而詞則僅存上卷一百九首，乃汲古閣舊藏。又有《賀方回詞》二卷，勞巽卿傳錄鮑淥飲鈔本，一百四十四首，複見宋本者祇八首，清初侯文燦亦園刻名家詞集《東山詞》一卷。從汲古未刻本出，僅得宋本之上卷及毛輯數十首，非足本。道光間，王惠菴彙輯《東山寓聲樂府》四卷，第一、二卷方回詞出鮑淥飲鈔本，第三卷出宋本上卷，第四卷補遺，亦即毛氏所輯。王半塘四印齋刻《東山寓聲樂府》一卷，從汲古未刻本出，但易名爲寓聲，調名改題舊譜，反以新名注調下，其有題序者，從別本錄注，合百六十九首。次刻《東山寓聲樂府補鈔》一卷，從王惠菴本出，並附惠菴原跋，合百一十三首。彊村叢書本《賀鑄詞》分三篇，首爲《東山詞》卷上，據宋槧百九首，次爲《賀方回詞》卷一卷二，據勞巽卿傳錄本，後又見鮑淥飲覆校本，因再斠訂除複，得一百三十五首，又次爲《東山詞補》，據吳伯宛所輯三十八首，注明輯自《樂府雅詞》、《陽春白雪》等書。〔註7〕言賀詞者以此本最爲精贍，是以本文引詞俱依彊村叢書本。

　　斯文撰述期間蒙葉師慶炳悉心指導，釐正修謬，腑篆心銘，感荷

〔註7〕參見饒宗頤，《詞籍考》，頁70～71之考證。

無已，另承鄭師因百、包師根弟諄諄啓誘，亦僅此致謝。唯個人才質魯鈍，是以井蛙管窺、墜坑落塹之失乃勢所難免，尚祈雅博碩學不吝賜正是幸。

第一章　賀方回的先世與生平簡述

第一節　賀方回的先世

賀方回的先世可考者，據方回自序其《慶湖遺老集》所謂可謂溯至帝舜時的后稷，其云：

> 賀本慶氏，后稷之裔。太伯始居吳。至王僚遇公子光之禍，王子慶忌挺身奔衛，妻子逆度溮水，隱會稽上。越人哀之，予湖澤之田，俾擅其利，表其族曰慶氏。

漢孝安帝時，其遠祖爲賀純，因避帝本生諱，而改稱賀氏。〔註1〕其第十五代祖爲賀知止，賀知止爲唐玄宗時秘書外監賀知章之從祖弟，任陽穀令，方回於詩集序中對此先祖事跡論之甚詳而曰：

> （知止）少味老、易，窮耕不仕。開元末，興崇玄學，本道三以道舉薦送，不赴。會有聞於朝者，起家拜上虞丞，秩滿，試任城令。久之，遷陽穀令，卒官。民懷其惠，遮

〔註1〕《三國志》卷六十，〈賀齊傳〉：「賀齊，……會稽山陰人也。」裴松之注：虞預晉書曰：「賀氏本慶氏。齊伯父純，儒學有重名，漢安帝時爲侍中、江夏太守，去官，與江夏黃瓊、漢中楊厚俱公車徵，避安帝父孝德皇諱，故爲賀氏。」〈詩集自序〉云：「漢安帝時，避帝本生諱，改賀氏。」兩相比對，可知方回於漢安帝時，由慶氏改賀氏的遠祖乃賀純也。

留喪車，不得時發。

頗爲其先祖的仁德感到自豪。至十四代祖避李正己苛政而自陽穀歸越。至八代祖，董昌據越虐民，八代祖乃自越復徙陽穀。〔註2〕六代祖爲賀景思，於五代時納長女（即孝惠皇后）事宋太祖，〔註3〕故入宋後受封爲廣平郡王。自是始由陽穀徙開封，定居開封隆和里，〔註4〕此時其家世似以才武顯。〔註5〕

五代祖爲賀懷浦，孝惠皇后之兄也，仕軍爲散指揮使，於雍熙三年從楊業北征，死於陣。〔註6〕高祖爲賀令圖，其爲人也輕而無謀，說太宗取幽、薊，致令其父陣亡，同年，亦爲契丹將領于越所縛。〔註7〕曾祖賀繼能，爲左侍禁，祖父賀惟慶爲東頭供奉官。其父賀安世爲殿崇班閣門祇侯，贈右監門衛大將軍，母秦氏。〔註8〕

〔註2〕《慶湖遺老詩集》自序云：「按安史之亂，縣又改隸東平，尋爲李正己巢據之，寖用非法游民，浮房禁，不聽還。……俾季陰歸會稽，以持先業，皆力田自潔，不復爲仕宦計，季實吾祖也。……逮七世孫，遵約不墜。後屬董昌盜越，民罹其毒，因案業北遷合族焉。」

〔註3〕據《慶湖遺老詩集》後集補遺〈鑄年五十八，因病廢得旨休致一絕〉詩序云：「鑄六代祖廣平郡王，在五代間，久從宣祖皇帝游，因納女事太祖皇帝，封孝惠皇后。」

〔註4〕同註2，〈方回自序〉云：「國朝緣外戚賜第開封隆和里。」

〔註5〕程俱〈宋故朝奉郎賀公墓誌銘〉，此墓誌銘附於《慶湖遺老詩集》附錄，而未見於程俱《北山小集》，又據寇翼跋《慶湖遺老詩集》云：「又從趙氏得公墓刻。」知此墓志記諸賀亡妻之家族。

〔註6〕《宋史》，卷四六三，〈外戚列傳・賀令圖傳〉云：「……懷浦，孝惠皇后也。仕軍爲散指揮使，出爲岳州刺史，雍熙三年從楊業北征，死於陣。」

〔註7〕同註6。〈賀令圖傳〉云：「先是，令圖握兵邊郡十餘年，特藩邸舊恩，每歲入奏事，多言邊塞利害及幽、薊可取之狀，上信之，故有歧溝之舉，既而敗師……。令圖輕而無謀，契丹將耶律遜寧號于越者，使諜紿令圖，曰：願歸南朝。……是年十二月，于越率眾入寇……，令圖爲先鋒被圍數重，于越傳言軍中，願得見磁州賀使君，令圖嘗爲所紿，意其來降而終獲大功，即引麾下數十騎迎之……（于越）盡殺其從騎，反縛令圖而去。」

〔註8〕俱見程俱〈墓誌〉。又〈墓誌〉作「曾祖維能，左侍禁。」而近人夏瞿禪（承燾）作《賀方回年譜》，引程氏〈墓誌〉作「曾祖繼能」，此處從夏氏之說。

　　由以上史料，可知方回乃后稷之裔，世代以武官傳，由於第六代祖之女受封爲孝惠皇后，是故方回乃后族之裔。茲將方回世系列表如下：

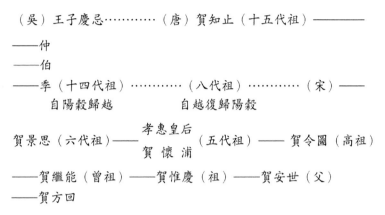

（吳）王子慶忌…………（唐）賀知止（十五代祖）————

————仲

————伯

————季（十四代祖）…………（八代祖）…………（宋）————

自陽穀歸越　　　　　自越復歸陽穀

賀景思（六代祖）————孝惠皇后　　（五代祖）——賀令圖（高祖）

賀懷浦

————賀繼能（曾祖）——賀惟慶（祖）——賀安世（父）

————賀方回

第二節　賀方回的生平

　　賀鑄，字方回，籍山陰（今浙江紹興），宋仁宗皇祐四年，生於衛州百泉（河南汲縣），其儀表奇崛，異乎常人。陸游《老學庵筆記》卷八謂其「狀貌甚醜，色青黑而有英氣。」程俱《北山小集》卷十五〈賀方回詩序〉謂其「儀觀甚偉，如羽人劍客。」《宋史・文苑傳》則曰：「長七尺，面鐵色，眉目聳拔。」由這些記載，可見方回的長相確乎奇特，眉宇之間洋溢一股豪邁率直的英發之氣。程俱〈賀方回詩序〉所謂「俠氣蓋一座，馳馬走狗，飲酒如長鯨。」正是其神態舉止的靈動寫照。

　　方回雖然生在一個世代以武事傳世的家族，但其父在教導他時，並未忽略士人所當具備的一切素養。「始七齡蒙先子專授五七言聲律，日以章句自課。」（《慶湖遺老詩集》自序）父親的殷切督促，再加上自我的期許，方回「博學強記」（〈本傳〉）「書無所不讀」（〈墓誌〉）。他幼年即喪父，〔註9〕家道中落，但靠寡母秦氏鞠育成人，因而養成

────────────────

〔註9〕《慶湖遺老詩集》卷三〈人生七十稀〉云：「嗟我夙多負，失怙在童

孤立不群的個性。由於這不稍掩飾的率直真性，每每與人論辯，若持之有理則據理力爭，「可否不略少假借，雖貴要權傾一時，小不中意，極口詆無遺詞，故人以為近俠。」（《建康集》卷八〈賀鑄傳〉，以下簡稱〈賀鑄傳〉）

　　神宗熙寧元年戊申，方回離開生長的衛州，宦遊京師，〔註10〕濟良恪公趙克彰賞其孤介耿直而以女妻之。疏狂近俠的方回，由於仰慕自稱「四明狂客」，而與其個性相似的遠祖賀知章，〔註11〕而自號「北宗狂客」（《慶湖遺老詩集》自序），與當世米元章有一狂一癡之稱。二人的論辯場面在當時聲聞遐邇，蓋二人真性相待，是以論辯激烈。葉石林描寫二人的神采時謂：「米以魁岸奇譎知名，而方回以氣俠雄爽適先後，二人每相遇，瞋目抵掌，論辨蜂起，終日各不能屈。談者爭為口實。」（〈賀鑄傳〉），那真是一場叱咤風雲，靈犀交感，辯者興會淋漓而觀者無以定其勝負的論壇盛會。方回英姿煥發的俠氣與豪情，栩栩如在目前。

　　狂與俠融鑄而成的豪邁性格，益以「拯溺不無意」（《慶湖遺老詩集》，以下簡稱《詩集》，卷三〈歷陽十詠之一──麻湖〉）的仁者襟抱，方回理當無畏無懼的走向仕途，一展生命的情采，實現自我的理想，而不只是紙上談兵的「劇談天下事」（〈賀鑄傳〉）而已。但事實卻不然，「觀其抗髒任氣，若無顧忌者，然臨仕進之會，常如臨不測淵，覰之不敢前，竟疾走不顧。」（〈墓誌〉），方回何以在面臨仕進之會之際，一反平常的狂放，而顯得畏畏縮縮呢？根據筆者揣度其原因有二：一即懼危辱耳。方回曾於宣和七年七十四歲病甚時，感慨萬千的告訴摯友程俱曰：「生平果於退，懼危辱耳，今知免矣。」（〈墓誌〉）「懼危辱」事實上與狂知俠的個性並不違忤，因為狂則不能忍受任何

卅」，喪父甲子不可考。

〔註10〕據夏承燾《賀方回年譜》之考證，以為方回於元豐三年庚申在滏陽作〈局中歸〉云：「心火成灰不復然，故園笑別十三年」，由庚申逆數至熙寧元年，共十三年，離衛州當在此年。

〔註11〕《舊唐書》卷一九○〈文苑‧賀知章傳〉：「知章晚年尤加縱誕，無復規檢，自號四明狂客。」

加諸身軀的束縛的侮辱，俠則看不慣任何讒謗誘君，見利悖義的齷齪行誼。狂與俠固是真性情的流露，然而一旦進入仕宦之列，宦場中權力紛爭熾烈，以這種個性待人，方回深知必處處得罪權貴，備受屈辱，永無高陞以一展理想之日。且方回於熙寧年間宦遊京師之時，京師正值王安石變法，新舊黨爭為政策不合而紛爭頻繁之際，許多忠貞之士如司馬光、歐陽修、蘇東坡……等，都因反對新法而遭罷黜貶謫之辱，目睹這種種事件，他深體空有抱負、理想，也免不了禍從天降，遠離這個沼污的漩渦才是理智的抉擇。

二則由於科舉本身弊端所致：宋代科舉的弊端早已存在。陸象山本身雖進士及第，但仍堅斥科舉之無用，曾精確的評斷這一制度的缺失曰：

> 科舉取士久矣。名儒鉅公，皆由此出；今為士者，固不能免之。然場屋之得失，顧其技與有司之好惡如何耳……終日從事者，輒曰聖賢之書，而要其志之所嚮，則有聖賢背而馳者矣。推而上之，則又惟官資崇卑，祿廩厚薄是計，豈能悉心力于國事民隱，以無負于任使之者哉！（《宋元學案》卷十五〈象山學案〉

科舉制度所拔舉的人才既無益于國事，惟利是圖，政治風氣因而畏葸因循、晏安苟且。方回一向孤立不群，必然不屑走這條科舉仕進之路。

基於以上兩個原因，方回一方面雖然表現出對國事的高度關切，但一方面卻又在面臨抉擇時，因慮患深微而裹足不前，正如程俱所謂「其慮患乃如此，與蹈污險徼幸不為明日計者殊科」（〈墓誌〉）。最後，在家人衣食之資無由而得的情形下，方回只有勉強的接受靠著祖蔭及姻親的關係，〔註12〕而獲致的「右班殿值」一職。

其後，自宋神宗熙寧八年至宋哲宗元祐六年，這近二十年間，方回先後擔任監臨城酒稅、磁縣都作院、徐州寶豐盛錢官、和州管界巡

〔註12〕〈墓誌〉曰：「濟良恪公克彰擇妻以女，授右班殿值，貧迫於養，非其好也。」

檢等職務，不惟毫無一展其政治長才的機會，甚且只是一個微不足道的小小官吏。方回連衣食之資都成問題，更遑論理想的實現。「日俸才百錢，鹽齏猶不供，夜榻覆龍具，晨炊熏馬通，出門欲貸乞，羞汗難為容。」（《詩集》卷二〈除夜歡〉）正道出了窘迫的處境。不僅如此，他對武職尤其不滿，不斷的抱怨著：「馬革非吾願。」（《詩集》卷五〈高望道中〉）、「會解腰間斬馬劍」（《詩集》卷五〈度黃葉嶺〉）。然而儘管如此，他從未怠慢職責，他做事謹細，「言理財治劇之方，亹亹有緒」（程俱〈賀方回詩序〉），有兩段記載可以看出方回頭腦清晰而且行事果斷，極具效率。一為方回初監太原時：

> 有貴人子同事，驕倨不相下。鑄廉得盜工作物，屏侍吏，閒之密室，以杖數曰：「來，若某時盜某物為某用，某時盜某物入于家，然手？」貴人子惶駭謝：「有之」。鑄曰：「能從吾治，免白發。」即起自袒其膚，杖之數下。貴人子叩頭祈哀，即大笑釋去。自是諸挾氣力頡頏者，皆側目不敢仰視。（〈賀鑄傳〉）

一為程俱在方回墓誌上所說：

> 在筦庫，常手自會稽，其于室蟀遅逆姦欺無遺察，治戎器堅利為諸路第一。為巡檢，日夜行所部，歲裁一再過家，盜不得發。攝臨城令，三日決滯訟數百，邑人駭歎。

由這兩段史料來看，方回正如程俱在其詩序中所說：「似非無意於世者」，以如此英明卓越的處事才幹，益以豪邁的性情，而卻任區區之小吏，難怪他有滿腹的牢騷。

是以，在這段期間，方回已有「衰衰塵埃與願違」（卷六〈臨汝亭送客還馬上作〉）的感覺。且其健康情形並不佳，元豐四年，才三十歲的他，已染上了當時的絕症──肺病。[註13] 以如此羸弱之軀，在載浮載沉的宦海中悒悒不遇，名宦兩蹉跎的方回，不止一次的訴說著自己「壯心如濕灰」（《詩集》卷二〈寄杜仲觀〉）：「心火成灰不復

〔註13〕《詩集》卷六方回〈冠氏寺居書懷〉：「更堪愁肺經春病」；卷二〈除夜歡〉：「病肺厭斟酌」。

然」（《詩集》卷九〈局中歸〉）。在〈留別張白雲謀父〉詩中，他說：

> 三年官局冷如冰，炙手權門我未能，賴與白雲之隱者，不
> 持黃卷即尋僧，蕭蕭簾箔風披竹，草草盃盤雪酒燈，塵土
> 浮游漫相遠，吳魚燕雁兩難憑。（《詩集》卷六）

如果方回把宦場當作利祿爭逐的地域，他大可處心積慮的去逢迎一
場，他就不會那麼痛苦，高官厚祿亦將隨之。然而與物多忤的方回，
是用所有的熱情去承載、去擔當，因而他不能忍受了，退而寄情於「黃
卷」與「尋僧」。

　　「持黃卷」指的是讀書、藏書與校書。方回乃著名的藏書家、校
書家，他「家藏書萬卷，手自校讐，無一字脫誤」（〈賀鑄傳〉），並廣
收書畫之作，品鑑把玩，也是一個書畫的收藏家與鑑賞家。程俱有〈跋
賀方回藏龔高畫〉（《北山小集》卷十五）之作。俞松《蘭亭續考》卷
一曾引〈賀方回跋張氏藏蘭亭敘文〉：

> 蘭亭敘世本極多，惟定本著最佳，且有東坡先生跋證，可
> 爲雙寶，張氏其珍藏也。辛未孟春中休日賀方回云。

《避暑錄話》上也說：

> 盧鴻章堂圖，余有慶曆間摹本精絕，宣和庚子在楚州，爲
> 賀方回取去不歸。（卷上）

這雖是簡短的兩則記載，但由此我們可以想見方回在藝術的殿堂中，
撫慰了被現實摧殘的心靈，而找到了第一個寄託。

　　「尋僧」則是他第二個紓解方式。他的詩集中充塞著與僧道贈答
之作。與僧道爲友是當時士人普遍的風氣，風氣的造成正如曹樹銘在
〈蘇東坡與道佛之關係〉一文中所說：

> 由於君主昏庸，朝廷黑暗，小人當朝，君子罪退，既不能
> 遂其濟世之大志，更何從盡其及民之赤心。五中抑鬱，自
> 所難堪。將謂搜討墳典，形諸筆墨。既書籍之難得，抑醞
> 釀之可憚。於是轉而讀道藏，看佛書，講養練，習禪定，
> 寫道語，作佛詩，不知者以爲求仙與化佛，而實則僅爲高
> 世遠舉所以放心而無憂，此不得志於天下之人之苦心與孤

詣也。〔註14〕

士人由於苦悶不得志而在讀佛道典籍後，轉而與僧道交友是極自然的，試看其寄與僧道之作曰：「吾亦塵間無所求，終期採藥棲羅浮，異日歸來遼海鶴，不見人民見城郭。」（《詩集》卷一〈留別道士許自然〉）「此身于世百無用，異日與君同所歸。」（《詩集》卷七〈再酬訥師兼簡清涼和上人〉）表白了他試圖參透紅塵的滄桑與鬱結，也願能學僧道「志包宇宙外」，忘情的在西庵中修養身性。這種期許，事實上只是他心中始終潛伏著的一個遠離凡擾塵囂，嚮往山水田園之夢的另一體現。在另外的詩作中，我們感受到了他心中的憧憬：

> 晚涼退食無餘事，坐與兒曹挽紙鳶。（《詩集》卷九〈局中歸〉）
>
> 安得一扁舟，浮家乘興東，江山北深隱，終老爲田翁，春秋二頃苗，秋穫期百鍾，稚子課樵汲，壯妻兼織舂，行歌滄浪清，臥快柴桑風。（《詩集》卷二〈除夜歎〉）

尤其在〈田園樂〉一詩中，對田園生活中，四季紛繁多變的情趣之描摹，更是他推崇田園的極致：

> ……昨日春大開，道遙望高原，西照牛羊下，東風花草繁，今朝夏雞鳴，麥熟田頭喧，……秋賽方及辰，釀秫烹膏豚，叢祠响腰鼓，……冬雪斷門巷，蠶廬清且溫，……太上復淳古，坐起義與軒，……避秦誰氏子，客死武陵源。（《詩集》卷二）

既然，田園是一個令人心動神馳的桃花源，而名利場中「去就如樊籠」又是一永不能改變的事實，方回爲何不堅決的走向田園呢？這是一個難以言喻的複雜心境，正如方回所說：「人生事事不如意，終日念歸何日歸。」（《詩集》卷七〈烏江東鄉往還馬上作〉）箇中充滿了無限的矛盾與掙扎。因爲畢竟，豐沛的才情及睿智的政治長才，只有透過經世濟民的理想實現來肯定，長久的武職讓他厭倦不已，他那狂與俠的個性也使他始終未能有所陞遷，甚至還要調派他到衡陽，一

〔註14〕此文載國立中央圖書館館刊，新三卷 2 期及三卷 3 期。

個地苦卑濕的瘴癘之地。在心志的長期受挫煎熬下，他幾經掙扎，不得已的做了生命中另一個重大的抉擇——投書並附上自己的文學作品，給當時的大臣李清臣。在這封請願書上，他強烈的表達了久縈胸中的鬱結：

> ……迫於致養，遽從一官，監門管庫，義苟不辱，坐則窘木索，動則與輿皂等勤，一忤上官，訶詆隨至，且虞誅責之不可脫，則無以事親畜妻子，故垂頭塞耳，氣息奄奄，崛然自奮之心，日已微矣。……方且日夕促促以鼓鑄為事，金錫之氣，薰灼腸胃，叫呼呦咤……自惟平生多艱，小有所須，動不諧通，百步十躓，一食三噎，又安能畢後日之志哉！（《樂靜集》卷十一）

燃燒的激情壯志在宦海浮沈裏瀕臨澆滅，人生的尊嚴在衣食窘辱中漸次斑駁，方回期盼能夠儘早脫離禁錮心靈的樊籠。元祐六年，是方回生命中的一大轉機，他由武官而被易為文官了。〔註15〕當時由文官易為武官極為不易，舊許從官三人薦舉（《文獻通考》卷三四），方回得到當時大臣李清臣、范百祿及蘇東坡三人的力薦。李等聯合上書謂方回：

> 老於為學，泛觀古今詞章，辨道論議，迥出流輩。欲望改換，合入文資，以示聖代育林進善之意。（《吳中紀聞》卷三）

他因此任承事郎，監北嶽廟，噙著歡笑的淚水，方回寫下了：

> 當年筆漫投，說劍氣橫秋。自負虎頭相，誰封龍閣侯。聊辭噲等伍，濫作詩家流。少侍高常侍，功名晚歲收。（《詩集》
> 卷五〈易官後呈交舊〉）

欣喜與急切中，方回焦灼的等待著馳騁昂揚的機會。然而朝廷安排給

〔註15〕關於方回由武官易為文官時的年代，有兩種不同的說法，一據《詩集》卷五〈易官後呈交舊〉一詩下註：「辛未九月（元祐六年）京師賦」。一據〈墓誌〉云：「元祐七年，學士清臣、百祿、軾，薦于朝，改承事郎，請監北嶽廟。」若依《詩集》方回自註之年代而考東坡年譜，東坡在元祐六年四月自杭州還朝除翰林承旨，八月出知潁州，故方回易官必在此年四月之後，八月以前，墓誌或偶誤。

他的職位，並不是可讓他總攬國事的龍閣侯，而盡是如江夏寶泉監一類的小官。仕宦的歷程到此，似乎再無峰迴路轉，柳暗花明的奇蹟。這段期間，他對政治歷程的反省與體會又較諸四十歲易官以前更加深刻而成熟了。「著身名利場，寵辱如循環」（《詩集補遺》〈黃山席上別當塗僚友〉）是年來體悟的殘酷感觸，理想與抱負只不過是有心人心中的萬壑千巖，在現實中終究是激不起一絲波瀾，那裏有伯樂識自己之爲千里馬？「漁父何知楚客才，強策駑筋懷故國，浮雲千里思悠哉。」（《詩集拾遺》）流露出忠愛家國却無人能會的無奈，登樓遠眺，茫然一片，令人萬念俱灰。由是那個久久蟄伏於心中的山水田園勝境漸次突顯，在手校陶集時，得到了心靈永恒的慰藉。他在《詩集》卷四〈題陶靖節集後〉一詩曰：

> 淵明不樂仕，解組歸柴桑，遡風北窗下，坦腹傲義皇，儲
> 粟既屢空，乞食何惶惶，有身即大患，斯言聞伯陽，顧我
> 亦多忤，丘樊思退藏，慙無辟粒術，圭勺耗宮倉。

至此，他歸隱的志向遂趨堅定。

爾後數年，方回又歷任泗州通判、通判太平州、管句亳州明道宮等職。健康情況在這幾年也急轉直下，幾至朝露之懼。〔註16〕終於在徽宗大觀三年請老歸田，想要平靜的走向田園，安享晚年。在他〈鑄年五十八因病廢得旨休致一絕寄呈姑蘇毘陵諸友〉一詩中說：

> 求田問舍向吳津，欲著衰殘老病身，未拜君恩賜剗曲，歸
> 來且醉鑑湖春。

方向非常滿意這次的決定。在往後的時日裏，他退居姑蘇、毗陵一帶，內心的豪氣已不復當年。《宋史·本傳》謂其「晚歲退居，遠離世故，英光豪氣，收歛殆盡」。兩年以後，方回再度出仕，此時過往的熱情已完全澆冷了。這一次的出仕完全是爲了家計難以維持，而在好友程

〔註16〕從元祐七年始，方回的健康情形每下愈況，《詩集》卷五〈久病寄二三親友〉作於此年，曰：「早昧攝生理，自勞戕至眞。藥靈翻體病，詩癖竟窮人。終有黃壚恨，長違白髮親，一囊安所得，四壁未應貧。燈下陳編淚，風前墓草春。儻忘雞酒設，腹病勿多瞋。」

俱的薦舉下管句杭州洞霄宮。徽宗重和元年，遷承議郎，以后族恩遷朝奉郎。至明年，正式告老退休。五年以後，即宣和七年，方回七十四歲，卒於常州僧舍。

　　如果說悲劇是由於明知結果而又不能不繼續堅持走下去的矛盾造成的，那麼綜觀方回一生，無疑的，早已註定是個悲劇。他雖理智的不願陷入理想與現實的困境裏，時時懼受危辱，但是對國家的摯愛却又敵不過理智的執取，而不得不陷入其中；而一旦陷入現實的沼澤中，耿介率真的狂俠個性，使他「終以尚氣使酒，不得美官」（〈賀鑄傳〉），不期然的走向仕途的晦暗落寞處，像一顆被深掩的明珠，永難綻放綺麗的光彩。然而正如當年韓愈對柳宗元一生斷語時以爲宗元若「斥不久，窮不極，雖有出於人，其文學辭章必不能自力以致，必傳於後」。（《昌黎集》卷七，〈柳子厚墓誌〉）方回流浪飄泊的仕宦歷程，蹇困艱澀的貧窮生活，以及病魔糾纏的羸弱身軀，這種種煎熬之歷練，正好使他蘊育出傳世的文學作品。其友楊龜山對其一生所下的評語精贍簡約，茲引述如下，以作爲敍述方回生平的總論：

　　　　方回自少有奇才，若儀秦之辯，良平之畫，皆其胸中饜飫
　　　　者，意謂其功名可必也，世變屢更，流落州郡不少振，豈
　　　　詩真能窮人耶？然方回詩益工，名日益高，足以傳不朽矣，
　　　　與世之酣豢富貴與草木同腐者，豈可同日議哉？以此易
　　　　彼，亦可自釋也。〔註17〕

〔註17〕楊時，《龜山集》卷二十六，〈跋賀方回鑑湖集〉。

第二章 賀方回詞的內容分析

　　北宋初期之詞，承唐五代的餘風，仍然侷限在綺靡浮艷，傷春念遠的狹隘範圍中。一直至仁宗朝長調興起，柳永將羈旅身世之感寫入其中，詞才有了較深的內涵。但是由於柳詞內容大多亦不脫兒女之情，詞的內容也未能明顯的發生變化。一直至蘇軾，他把自己的性情、襟抱、人格、學問融鑄於詞，正如胡寅所說：

> 詞曲至東坡，一洗綺羅薌澤之態，擺脫綢繆宛轉之度；使
> 人登高望遠，舉首高歌，逸懷浩氣，超乎塵垢之外。(〈酒邊
> 詞序〉)

詞的內容做了空前未有的擴充。從此以後，詞可以詠史、弔古、說理、談禪、寄幽妙之思、述抑鬱之懷，詞史上開始由胡適所謂的「歌者之詞」步入「詩人之詞」(《詞選》)。而賀方回正處於這股創作內容的解放期，客觀的歷史變化，再加上他個人本身的敏銳情思，在現存二百八十七首詞中，他展現了繁富而多樣的內容。筆者擬分六節來探討其內容，除第六節是受市井生活中，歌舞宴樂流連的風氣影響外，其餘五類作品，都能表達他個人的思想及情感。這五類作品均由方回與環繞在他週遭的社會、人物、自然、歷史之關係而來，其中與社會的關係即：理想與現實的困境、閨怨邊塞的低吟。與人物的關係即：人間情愛的執著，主要包含朋友之情、男女之愛。與自然的關係即：山水

田園的嚮往。與歷史的關係即：歷史流程的省思。筆者以為經由這幾個角度來看，必可周延的掌握方回一生在時空中流動的軌跡，使我們更具體的掌握這位久久被淹沒的詞人，其內心深邃靈動的世界。

第一節　理想與現實的困境

「仕」是中國知識份子生命的圓。傳統的士人不僅把「仕」看成一種生命的目標，而且自孔子提出「己立立人，己達達人」（《論語》雍也篇）的理想主義精神後，更求每一個士人都能超越他自己個體的和群體的利害得失，進而發展對個社會的深度關懷，乃變成一種近乎宗教信仰的精神。〔註1〕士人們都希望以自己對社會懷抱的理想，及那份赤誠得近乎宗教的情操為圓心，用整個生命歷程為半徑，畫一個美麗的生命之圓。然而，就像徐復觀先生所說，戰國時所出現的「遊士」、「養士」兩個名詞，已註定了中國知識份子的悲劇命運：

> 「遊」是證明它在社會上沒有根；「養」是證明它只有當食
> 客才是生存之道。而遊的圈子也只限於政治，養的圈子也
> 只限於政治。於是中國的知識份子一開始便是政治的寄生
> 蟲，便是統治集團的乞丐。〔註2〕

現實的本身既是如此殘酷，士人讀書又只為「致君堯舜上，再使風俗淳」〔註3〕的理想實現，卻未想到宦途上的多舛多變豈是憑藉個人的才情與熱誠就可抵擋得了？烏托邦和現實本有著太大的差距，是故中國的知識份子，一開始就命定要在理想與現實的困境中糾纏掙扎，在顛仆跌撞中，走完他們滿佈崎嶇的悲劇生涯。

賀方回像所有懷抱濟世熱誠的士人一樣，他喜劇談天下事，又善於辭令，尤其又是皇室後裔，自幼耳鬢廝磨於儒家的典籍，對於社會

〔註 1〕參考余英時《中國知識階層史論》，〈古代篇〉，頁 39。

〔註 2〕《青年中國雜誌》第一卷第二號，〈中國知識份子的歷史性格與歷史命運〉。

〔註 3〕《杜工部集》卷一〈贈韋左丞相二十二韻〉。

家國自有著一份傳統知識份子的幻夢牽繫。「近俠」與「狂客」的本性，使他想像所有馳騁在政治舞台上的俠客一樣，「奮不顧身的投入人世，如颶風、如流星，欲於青雲之上繪出整全而絢麗的生命姿彩」。〔註4〕然而，正如前章所述，方回耿介率眞的狂俠本性，處在權位傾軋的宦場是「圓鑿而方枘兮，吾固知其鉏鋙而難入」（《楚辭》九辯）的難以一展抱負，因而他始終不得美官，政治生涯荊棘載途，給他的是不盡的失望與傷心。他在〈六州歌頭〉中抒寫自己少年時的激昂情懷及被世俗冰擊的憾恨道：

> 少年俠氣，交結五都雄。肝膽洞。毛髮聳。立談中。死生同。一諾千金重。推翹勇。矜豪縱。輕蓋擁。聯飛鞚。斗城東。轟飲酒壚，春色浮寒甕。吸海垂虹。閒呼鷹嗾犬，白羽摘雕弓。狡穴俄空。樂匆匆似黃粱夢。辭丹鳳。明月共。漾孤篷。官冗從。懷倥傯，落塵籠。簿書叢，鶡弁如雲眾，供麤用。忽奇功。笳鼓動。漁陽弄。思悲翁。不請長纓，繫取天驕種。劍吼西風。恨登山臨水，手寄七絃桐。目送歸鴻。

少年時代，性格放浪不羈的方回，四處交結豪客俠士，輕生死，重然諾，尚氣使酒，以騎射田獵爲樂。當時以爲年輕是揮霍不盡的財富，恣意的轟飲酒壚，表現出「作雷顚，不論錢，誰問旗亭美酒斗十千」（〈行路難〉）的落拓豪氣及獵取狡兔、呼鷹嗾犬的勇猛狂嘯，生活盡是自可掌握的愜意與放任，飛騰靈動的昂揚志在內心澎湃著。然而，一切過往的歡樂與豪邁、熱情與雄放，都在現實的摧折裏消失了，生命盡是倍受扭曲的卑微。畢竟，怎麼能夠只給鳳凰一尺山水，只給恒星一個夜晚？昂揚風發的生命，如何可在「深藏華屋鎖雕籠」（〈平陽興〉）的淡然中度過。這不受重用的牢騷，連寶劍也爲之發出不平之鳴了，「劍吼西風」裏，蘊涵了多少愛國的激情與壯志未遂的苦悶。方回試圖在登山臨水中化解自己請纓無路，不爲世用的憾恨，但淒怨的絃聲及翩然而逝的歸鴻所流露出的無奈與傷感，卻暗示著方回仍未

〔註4〕《中國文化新論・文學篇一》，〈抒情的境界〉，頁175。

釋然於在人世中肯定自我的初衷。正因如此，不遇的怨恨之情像蠶繭一樣裏困著方回：

> 寂寞文園淹臥久，推枕援琴涕自零，無人著意聽。(〈醉瓊枝〉)

> 一番桃李，迎風無語，誰是憐才。(〈雨中花慢〉)

處處都是斷腸的心結。他更藉詠荷以述懷：

〈芳心苦〉

> 楊柳回塘，鴛鴦別浦。綠萍漲斷蓮舟路。斷無蜂蝶慕幽香，
> 紅衣脫盡芳心苦。　　　返照迎潮，行雲帶雨。依依似與騷
> 人語。當年不肯嫁東風，無端卻被秋風誤。

詞人看到荷花不開於春風桃李爭艷的季節，而開於無蜂無蝶的秋天，正像自己不願逢迎諂媚、趨炎附勢，所以孤立不群，結果雖有滿腹的濟世才華，卻始終無人賞識。「綠萍漲斷蓮舟路」將荷花的處境與自己的際遇渾融為一，「斷無蜂蝶慕幽香，紅衣脫盡芳心苦」不僅道出了潔身自好者的悲劇性格，更是方回性格的寫照。「當年不肯嫁東風，無端卻被秋風誤」則說盡了一個在悲劇性格下永不可避免的悲劇命運。整闋詞把荷與不遇之人微妙的牽合成一體。陳廷焯所謂「騷情雅意，哀怨無端，讀者亦不知何以心醉，何以淚墮。」〔註5〕是也。

他對仕途是耿耿於懷的。京都之於他，是一個永不褪色的夢。即使他屢受挫折，但京都有他堅執不移的愛，也因而，在萍飄無著的羈旅中，時時流露出他對京都的眷戀：

> 滿眼青山恨西照，長安不見令人老。(〈望長安〉)

> 香莓莓，夢依依，天涯寒盡減春衣，鳳凰城闕知何處，寥
> 落星河一雁飛。(〈思越人〉)

> 望處定無千里眼，斷來能有幾回腸，少年禁取憑淒涼。(〈浣
> 溪沙〉)

對帝都的眷戀，暗示著熾烈的仕進情懷。然而，帝都是如此的遙不可企，他只能夢想：

〔註5〕陳廷焯《白雨齋詞話》卷一，詞話叢編，頁3809。

夢想西池輦路邊，玉鞍驕馬小輜軿，春風十里鬥嬋娟。(〈浣溪沙〉)

一十二都門，夢想能頻，無言桃李幾經春，艷粉鮮香開自落。(〈浪淘沙〉)

排辦張燈春事早，十二都門，物色宜新曉，金犢車輕玉驄小，拂頭楊柳穿馳道。(〈望長安〉)

現實的挫折唯有在頻頻的夢中尋求慰藉，唯有飄泊羈旅才是生命的眞實。方回自十七歲遊京都，爾後大半生的時日，多在羈旅中度過，行跡踏過邯鄲、徐州、雍邱、和州、靈璧、盱眙、金陵、歷陽……等三十多處。﹝註6﹞在鬱鬱的飄泊歲月裏，最易使人反省與回顧，因而他寫下〈念離群〉：

宮燭分煙，禁池開鑰，鳳城暮春。向落花香裏，澄波影外，笙歌遲日，羅綺芳塵。載酒追遊，聯鑣歸晚，燈火平康尋夢雲。逢迎處，最多才自負，巧笑相親。　　離群。客宦漳濱。但驚見，來鴻歸燕頻。念日邊消耗，天涯悵望，樓臺清曉，簾幕黃昏。無限悲涼，不勝憔悴，斷盡危腸銷盡魂。方年少，恨浮名誤我，樂事輸人。

上半闋回憶當年在京師絢麗而充滿希望的日子，昂揚的生命情采把生命裝點得生氣盎然，連週遭的事物都散發著耀眼的光芒。在華麗的城闕、落花的香氣、悅耳的笙歌、醉人的美酒裏，自己曾隨眾人瘋狂的踩著燈火，尋訪雲朵的去向，趾高氣揚的說著自負與高傲。下半闋轉入客宦他鄉的感慨，心情由雀躍轉入悲淒。方回在此毫不修飾的以「憔悴」、「悲涼」、「悵望」、「消耗」，甚至「斷腸」、「銷魂」等直覺性的感受字眼，把悲愴的心緒形容到了極點。在悲愴之極他竟謂「方年少，恨浮名誤我，樂事輸人」。然而方回豈是反悔曾有過的激情壯志？爲浮名而投入仕宦的泥沼？又豈是情願追逐遊宴的歡樂而怕樂事輸人？這種與心相違忤的表白，正流露出其對自身際遇的完全失望。整

﹝註6﹞參見夏承燾《唐宋詞人年譜》，〈賀方回年譜〉。

闋詞寫出了一個人由滿懷希望的倨傲到完全失望的頹廢，充滿身世感懷、孤獨、哀傷與淒苦。

而正如劉勰所謂「歲有其物，物有其容。情以物遷，辭以情發」（《文心雕龍》物色篇），年年歲歲的宦遊天涯，羈旅的悲懷每為自然景物的變化而牽動，那不遇的恨恨在萬物蕭然的秋天裏益發濃熾，竟蘊育出一種遒健悲淒的情味：

伴雲來

> 煙絡橫林，山沉遠照，邐迤黃昏鐘鼓。燭映簾櫳，蛩催機杼，共苦清秋風露。不眠思婦。齊應和幾聲砧杵。驚動天涯倦宦，駸駸歲華行暮。　　當年酒狂自負，謂東君，以春相付。流浪征驂北道，客檣南浦。幽恨無人晤語。賴明月，曾知舊遊處。好伴雲來，還將夢去。

在煙林、燭光、蛩聲、暮鼓聲中，方回渲染出一片難化的愁境，以「不眠思婦，齊應和幾聲砧杵」，先寫思婦的悲愁，由「驚動」二字自然轉入一己的倦憊愁懷，續以「駸駸歲華行暮」表白驚動自己的其實是歲月走過的跫音，引出下片日月飛逝而一事無成的幽恨。「當年酒狂自負，謂東君，以春相付」寫出了他的狂傲與自信，以如此疏狂而充滿激切創意的性格，急於表現自己，於現實中肯定自我，毋寧說是其生命最大的意義，然而卻得承受「流浪征驂北道，客檣南浦」的飄零際遇。方回的內心當然有著不可言喻的幽恨，「賴明月曾知舊遊處，好伴雲來，還將夢去」寫出那份只有明月才了解的孤獨情懷，正像「臨水登山飄泊地，落花中酒寂寥天」（〈浣溪沙〉）一樣，表達自己在天地之間，煢然一身，虛擲生命、一無所獲的蒼茫寥落之感。

有些時候，方回心中的幽恨情愫，並不總是以如此遒健悲壯的情緒流露，而總在不經意的觸碰中被輕輕撩起：

〈浣溪沙〉

> 閒把琵琶舊譜尋。四絃聲怨卻沉吟。燕飛人靜畫堂深。　　欹枕有時成雨夢，隔簾無處說春心。一從燈夜到如今。

生命中的情境變化是百轉千廻的奧秘，生活給人們的種種鬱悶與憾
恨；在某些時刻像是銷聲匿跡了，人們開始有著雲淡風清的心情。然
而，也許在偶然聆聽舊日熟稔的琵琶曲時，那曾是感銘於心的懊喪與
失意，就在不期然的刹那間，隨著如淒如訴的音樂，如浪如潮，沟湧
騰盪而來。方回此詞的情境，正緣自這種不經意的觸碰。「燕飛人靜
畫堂深」「隔簾無處說春心」二句，含蓄的說出現實人生裏百般受挫、
無人能訴的孤獨與寂寞。這種煎人的淒冷時刻瀰漫，甚至連睡夢中也
例外。與其受此煎熬，不如在昏黃的燈火中，黯然的度過每一個夜晚。
「一從燈夜到如今」裏寫出的是一種多麼複雜崎嶇的體會，是方回親
身領略過後的錘鍊之筆。

　　當理想淹沒在現實中，當瓠瓜徒懸，肯定生命存在的意義成為奢
望，此時，人變得孤獨而絕望，而那永無止盡的漂泊流程又只是「斷
盡危腸銷盡魂」（〈念離群〉）的磨人。回顧過往，前瞻未來，方回終
於發現「惟有夜來歸夢，不知身在天涯」（〈清平樂〉）。故鄉才是遊子
心中切切的渴望，因而詞中漫佈著窒人的濃郁鄉愁：

　　自憐楚客悲秋思，難寫絲桐，目斷書鴻，平淡江山落照中。
　　（〈采桑子〉）

　　玉指金徽調舊怨，楚客歸心欲斷。（〈清平樂〉）

　　煙草接亭皋，歸思迢迢，蘭成致去轉無憀，偏恨秋風添霜
　　雪，不共魂銷。（〈浪淘沙〉）

在這些鄉愁的表白中，鄉愁已不純粹是一種鄉愁，而是夾雜著馬齒徒
增卻流落他鄉，無所用於世的憾恨，呈現出理想與現實掙扎後的另一
種情懷。

　　理想是高邈清遠的，現實卻是齷齪污濁的，於理想與現實的困境
裏，方回在不斷的反省自己後，一旦發現自己是理直氣壯的，生命自
然陷入悲憐的感嘆。他或吶喊懷才不遇，或流露羈旅傷感，或傾瀉思
鄉情結，甚或更以落拓的豪情，在寂寞、孤獨、自憐中，凝鍊出一種
表面似宕達豪放而內心卻悲淒黯然的沉鬱：

醉中眞

不信芳春厭老人。老人幾度送餘春。惜春行樂莫辭頻。

　　巧笑艷歌皆我意，惱花顛酒拼君瞋。物情唯有醉中眞。

從劉伶說出「捧甖承槽，銜杯漱醪，奮髯踑踞，枕麴藉糟，無思無慮，其樂陶陶」（〈酒德頌〉）的安樂世界以來，傳統的文人一直認爲「醉」是使自己由現實的苦痛及個人的感情中解脫的一種重要方式。〔註7〕賀方回在嚐盡人間的挫折之後，也走向了醉鄉。這闋詞正是他投入醉鄉後的感慨。首句寫出自己不願隨時光消逝的豪情，「不信」帶有對時間的強烈嘲諷，在年華的逝去中，壯志難伸的悲痛，使方回領悟「惜春行樂莫辭頻」。面對生命，正如「傳語酒家胡，歲晚從吾好，待做箇醉鄉遺老。」（〈蕙清風〉），「不拼尊前泥樣醉，箇能癡。」（〈負心期〉）所揭示的一樣，必須及時行樂。下片首二句寫其灑脫放任的欲將自己淹臥在醉鄉之中。「物情唯有醉中眞」是對人世的否定，更是對醉鄉的沉湎與讚頌，表面的豁達益發突顯方回內在的焦灼與無奈。

由以上方回在理想與現實的痛苦與掙扎中所流露的各種情感，我們看到生命由狂熱開始出發追尋，經過期待、跌撞與挫敗的種種困境，它們始終深深的盤踞著方回。晚年，方回退居蘇州，寫下了〈青玉案〉：

凌波不過橫塘路。但目送，芳塵去。錦瑟年華誰與度。月臺花榭，瑣窗朱戶。只有春知處。　　碧雲冉冉蘅皋暮。彩筆新題斷腸句。試問閒愁都幾許？一川煙雨，滿城風絮。梅子黃時雨。

此詞統攝了整個追求理想過程的感受。首三句由眼前景物敍起，寫橫塘路上目送美人逝去的落寞，美人事實上是理想的化身。此三句寫出了理想總是隱隱若現，「遡洄從之，道阻且長，遡游從之，宛在水中央」（詩秦風「蒹葭」）般的惹人牽絆與尋覓，而將理想與現實的困境形容爲目送芳塵而去，難尋弄波微步的惆悵，一方面指出了理想的飄渺難得，另一方面也暗示著一己生命追求流程中的無力感與孤獨感。「錦瑟」

〔註7〕James J.Y.Liu.《The Art of Chinese poetry》，頁 59。

一句用李義山「錦瑟無端五十絃，一絃一柱思華年」的詩意，是方回在歷盡整個追求過程後，迷惘與蒼茫的顯露。至此，方回陷入深邃遙遠的過往，因而推出以下三句。「月臺花榭，瑣窗朱戶」指盛麗的朝廷，那是他曾急切等待著被重用的地方，也象徵著生命中一段蓬勃開展，充滿希望的歲月。「唯有春知處」則又是一種生命的哨囁，寫極了心緒的碎破與理想的破滅。「碧雲」以下二句，述黃昏芳草萋萋，碧雲冉冉的景象，這凄涼之景使方回的悵恨高漲至極點，因而他要用彩筆來寫斷腸之句，「新題」二字暗指過去已曾有無數次受挫的斷腸心事，至此更見其內心之悲。又「彩筆」本該寫生活中的歡樂之事，而今卻用來題斷腸之句，更把方回心中的矛盾與複雜袒露無遺。一生中足教人斷腸的自是懷才不遇的大憾，而方回卻在下接「試問閒愁都幾許」一句，把這斷腸的心事說成輕悠的閒愁，矛盾的筆調蘊藉無限的沉鬱悲涼。末三句，詞人試圖將這份紛亂的悲愁具體化，以「一川煙雨」寫愁的連綿無盡，「滿城風絮」寫愁的迷濛紛亂，而「梅子黃時雨」則寫愁的無邊無垠，日夜飄盪。方回一生中理想與現實的掙扎之苦，在此化作無止無盡的天地愁容，令人神傷。黃庭堅因此詞而謂方回曰：「解作江南斷腸句，只今惟有賀方回」（《黃山谷詩集》卷十八），可說是深諳方回內心的流水高山之志，與歷來論詞者謂此詞但寫孤寂自守，無與為歡之鬱勃岑寂〔註8〕之淺論，實不可同日而語。

第二節　閨怨邊塞的低吟

　　賀方回身歷仁、英、神、哲、徽五朝，在這幾十年裏，似乎正值北宋工、商、農業進步神速的時期。尤其徽宗時是宋代社會經濟繁榮的極盛期。孟元老《東京夢華錄》序記載當時的繁華曰：

〔註8〕黃蓼園《詞選》云：「所居橫塘斷無宓妃到，然波光清幽，亦常目送芳塵，第孤寂自守，無與為歡，惟有春風相慰藉而已。後段言幽居腸斷，不盡窮愁，惟見烟草風絮，梅雨如霧，共此旦晚，無非寫其境之鬱勃岑寂耳。」

太平日久，人物繁阜，垂髫之童，但習鼓舞，班白之老，
不識干戈，時節相次，各有觀賞。燈宵月夕，雪際花時，
乞巧登高，教池遊苑，舉目則青樓畫閣，繡戶朱簾，雕車
競駐於天街，寶馬爭馳於御路，金翠耀目，羅綺飄香……

社會呈現一片無憂無慮的景象，彷若人間樂土。而事實上，這只不過
是一個社會的表象罷了，隱藏在這一表象的內部情況，並非如此樂
觀，內政與外患是存在於這個強大帝國的兩大陰影。

就內政言，自神宗熙寧二年王安石變法以來，宋代政治一直在新
舊黨勢力的消長中每下愈況。新舊黨人由原來的政策爭議，演變到後
來的人身攻擊。〔註9〕二黨人始終不能為國家整體的利益犧牲各自的
偏見，政治空氣一片污濁，官僚的糾紛愈演愈熾，更至不可收拾。至
徽宗踐祚，揮霍無度，不察民隱，搜尋天下珍異，命朱勔主其事每歲
進貢，「士民家一石一木稍堪玩，即領健卒直入其家，用封表識，未
即取，使護視之，微不謹，即被以大不恭罪……，民預是役者，中家
悉破產或鬻賣子女以供其須。」〔註10〕宰相蔡京對此昏瞶幼稚之舉，
不僅未加勸阻且鼓勵迎合，民怨因而沸騰。且蔡京當國後，更仿熙寧
變法，結果弄得興廢無恒，法制屢變，又為報復私怨，排除異己，親
自書元祐奸黨碑，頒發各郡縣，黨禍之爭至此熾烈。〔註11〕由以上的
敘述可見北宋的內政在君主與官僚的愚昧無能中，埋下了滅亡的種
子。正如錢穆先生在評論宋代政治時所謂：

蔡京用事，新舊相爭的結果，終於為投機的官僚政客們造
機會。相激相盪，愈推愈遠。貧弱的宋代卒於政潮的屢次
震憾中覆滅。〔註12〕

就外患言，北宋定都開封，地形上對宋室極不利。就其東北而言，

〔註9〕劉子政《歐陽修的治學與從政》下編〈歐陽修與北宋中期官僚政治
的糾紛〉之第七節，頁210。
〔註10〕《宋史》卷四七○〈朱勔傳〉。
〔註11〕《宋史》卷四七二〈蔡京傳〉。
〔註12〕錢穆《國史大綱》第六編第三十三章〈新舊黨爭與南北人才〉。

顯豁呈露，易受遼威脅；就其西北言，則有西夏，宋由於鞭長莫及，亦難以駕馭。宋遼之間自澶淵之盟以來，雖然雙方保持和平達一百多年，但其間遼亦不斷侵擾宋室，每次糾紛總是宋方增歲幣、絹了事。〔註13〕而西夏亦自仁宗寶元元年傾全力侵宗，至慶曆三年向宋乞和，宋於翌年應允，但須歲賜夏銀、絹、茶等。〔註14〕為了應付遼、夏每年大量的歲幣，宋室不得不增加財賦。除此外，更大肆擴軍，禁、廂軍不斷的增加，為了解決這財力、人力上的來源，宋只有不斷的增加賦稅、徭役。《資治通鑑》長編卷一五〇謂：

> 慶曆四年六月丁未，余靖奏：「天下之民，皆厭賦役之煩，
> 不聊其生，至有父子夫婦攜手赴井而死者，其窮至矣……」

仁宗時的情形已如此，而至宋神宗時，王安石變法，解決財政、軍事上的資源問題，抱著急功速效的態度，因而不曾考慮人民的負荷，一味收括百姓人力、財力，人民因而苦不堪言。

經由以上內政及外患的分析，我們認為北宋繁華的表象是用人民的血和淚融鑄而成的，亦即《宋代兩京市民生活》一書所說：

> 京邑的經濟繁榮，實際上只是皇室、貴族、官僚、豪強共
> 同朘削人民的結果。〔註15〕

而方回是一個關心天下事的傳統知識份子，處在這樣一種喧騰紛囂的大時代裏，並沒有像大多數宋代文人完全沈浸在宋代瑰麗繁華的表象遠，他超越外層的表象而透視到社會最眞實的內裏，寫下了五闋閨怨邊塞詞。〔註16〕分別是：

〔註13〕例如慶曆元年遼有南伐之意，《宋史紀事本末》卷二一：「時契丹主漸長，國內無事，戶口蕃息，因慨然有南侵之意。會元昊反，中國旰食，欲乘隙取瓦橋關以南十縣地，以償宿志。」〈契丹志〉卷二：「……及至，契丹不復求婚，專欲增幣，曰：『南朝遺我之辭當曰獻，否則曰納。』……朝廷竟以納字與之」。又《遼史》興宗紀二亦曰：「十一年，宋歲增銀絹十萬匹。」

〔註14〕李燾《續資治通鑑長編》卷一五二慶曆四年十月事。

〔註15〕龐德新《宋代兩京市民生活》第八章〈結論〉。

〔註16〕閨怨詩中有一類詩必得納入邊塞詩，因為這些詩正如何寄澎先生在其《總是玉關情－唐代邊塞詩初探》一書頁6所說：「凡詩中，所敍

收錦字，下鴛機。淨拂牀砧夜擣衣。馬上少年今健否，過
瓜時見雁南歸。（〈夜擣衣〉）

砧面瑩，杵聲齊。擣就征衣淚墨題。寄到玉關應萬里。戍
人猶在玉關西。（〈杵聲齊〉）

斜月下，北風前。萬杵千砧擣欲穿。不爲擣衣勤不睡，破
除今夜夜如年。（〈夜如年〉）

拋練杵，傍窗紗。巧翦征袍鬥出花。想見隴頭長戍客，授
衣時節也思家。（〈翦征袍〉）

邊堠遠，置郵稀。附與征衣襯鐵衣。連夜不妨頻夢見，過
年惟望得書歸。（〈望書歸〉）

數量雖然不多，但卻可以說是宋詞中的珍品，因爲宋代從開國至北宋
亡，正如前所述，在外患與內政的衝突下，戰爭不斷，徭役頻仍，然
而我們在宋詞中卻找不到可以繼承唐代反映民族精神的邊塞詩，更遑
論是透過溫柔敦厚的閨怨角度，傳達厭戰情緒，反映當時社會「邊城
多健少，內舍多寡婦」的閨怨邊塞詞。近人賀昌群曾謂：

唐代最可以表現民族精神的邊塞詩，在宋人的詩詞中便連影
子都沒有了。蘇東坡、辛稼軒們那種稍稍顯露一點豪情的詞
句，也覺得太不「婉約」，他們嘆息著「自胡馬窺江去後，
廢池喬木，猶厭言兵」想執紅牙拍，唱曉風殘月了。〔註17〕

賀氏之說雖不謬，但卻忽略了北宋詞家賀方回這五闋小令，因爲方回
這五闋詞，不僅敍事觀點都是站在丈夫遠戍的婦人立場，而且他以委

述的與邊塞有關，就應當視爲邊塞詩。絕不可再受其他原有觀念的
影響。例如女子思念良人的詩通常稱爲閨怨詩，但如果被思念的人
在邊地，便應列入邊塞詩。因爲，從大的角度去看，固然屬於閨怨：
從小的角度去看，實在與其他閨怨性質不同；假如僅把它狹隘地視
爲閨怨詩，雖不能說不對，卻終嫌拘泥。」而這類特殊的閨怨詩，
鄭師因百在其〈永嘉室札記〉一文中則名之爲「閨怨邊塞詩」（載書
目季刊七卷2期），可謂極爲恰當。賀方回這五闋閨怨詞，因所思
者亦皆在邊塞，因名之爲「閨怨邊塞詞」。

〔註17〕賀昌群〈論唐代邊塞詩〉一文，載《文學》二卷 6 期，收入《唐詩
研究論集》中。

婉的閨怨哀思，隱約的傳達了個人對瀕臨離亂的世態之反省，與對廣土受難人民的關懷，謂其爲唐以來閨怨邊塞詩之餘脈，實甚恰當。

這在五闋詞中，我們看到了宋代女子溫婉嫻淑的形象。面對家國隱隱的禍端，男兒們勇敢的赴邊效命，而女子呢？她們唯有強忍著寂寞與孤獨的摧折，嚥著淚水，在昏黃的月光下，爲遠戍的夫君縫製御敵、御寒的衣裳。「附與征衣襯鐵衣」、「巧翦征袍鬥出花」裏，是一種怎樣深摯的關切與愛戀？而「想見隴頭長戍客，授衣時節也思家」裏，借相互感通的心靈疊會而產生的憐惜與不忍，又有著多少灼斷人腸的相思？在一切遠寄的衣裳都縫製好之後，她們仍然徹夜難眠。「破除今夜夜如年」正是她們心底共有的殘酷體認。遙望天際，她們心裏都知道：「寄到玉關應萬里，戍人猶在玉關西」。良人的歸期是渺不可知的，但源自一份發自內心的愛，使她們對生命仍抱著些許希望，一個最最卑微的希望，那就是「過年惟望得書歸」。方回藉瀕臨離亂的世代裏，女子對征人溫柔如玉的深情與關切、相思與期待，成功的掌握了時代的脈動。在這裏，我們未見絲毫怨天尤人，頹廢悲觀的情緒，萬千情意卻都含蓄出之，極溫柔敦厚之至，是宋詞中極富時代及文學意義的作品。何寄澎先生在其《總是玉關情——唐代邊塞詩初探》一書中說：

> 中國詩教的傳統，確實在閨情邊塞詩中得到了最完美的表
> 現，與最深刻的展示。〔註18〕

這段論評用來評賀方回這五闋閨怨邊塞詞，同樣是至當不易之論。

第三節　人間情愛的執著

朋友是親人以外，人在廣漠的人世裏極重要的慰藉，生命中有一個與自己心靈相應的友人，在彼此互相提攜感知中，會把原本苦澀的生命之旅點綴上些許甘甜。方回是一個熱衷交友的人，他的朋友除了

〔註18〕何寄澎，《總是玉關情－唐代邊塞詩初探》，頁47。

蘇軾、米芾、黃庭堅、秦觀、葉夢得、李昭玘、張耒、楊時、程俱……等文士，更廣及道、僧方外之士。在一封「請見書」上，他曾明顯的表露出渴望交友的心態：

> 交天下之賢士大夫，收其聞見議論之益，去其卑污固陋之弊。(李昭玘《樂靜集》卷十一)

追求這份情誼的圓滿是每一個生命的企盼。在知交的相契相知中，人貞定了個人游離的情思，也在彼此的互相匡正中漸次成長，這是人生最大的喜悅。然而人世間的悲歡離合，總使這份最最平實的生命之喜，有了缺口，而成就了一個殘缺的圓。方回是一個「多情多感，不干風月」(〈柳梢青〉)，有著萬斛閒愁及纖細敏感情思的人。無情世界的變化，使他產生難以平息的春恨閒愁，而有下面的感慨：

> 日薄雲融。滿城羅綺芳叢。一枝粉淡香濃。幾銷魂，偏健羨，紫蝶黃蜂。繁華夢斷，酒醒來，掃地春空。(〈于飛樂〉)

> 多情人奈物無情，閒愁朝復暮，相應兩潮生。(〈鴛鴦夢〉)

更何況是這有情世界中，被因緣際會割斷而致的缺憾？正因這份深情，方回詞中的友情正流露出其對人間情愛執著的一面。

相契的情誼是透過無數次跋涉彼此心靈的漫長崎徑艱辛走來，而長相聚合的共享這份情誼又是人生難得的恩寵，人世間多數的友誼唯有在千山萬水的阻隔裏互通深深的款曲，在冷寂的臨別驛站裏傳達熱絡的情誼：

〈琴調相思引〉

> 終日懷歸翻送客。春風祖席南城陌。便莫惜。離觴頻捲白。動管色。催行色。動管色。催行色。　　何處投鞍風雨夕。臨水驛。空山驛。臨水驛。空山驛。縱明月相思千里隔。夢咫尺。勤書尺。夢咫尺。勤書尺。

甚至只有在夢中續下這番相契的情緣，而道「此歡只許夢相親，每向夢中還說夢」(〈夢相親〉)。

然若友誼只是當下相感的喜悅，臨分之際的不捨，在各奔天涯的

時候，也隨時空的轉換逐次斑駁，那也就罷了，但它卻在別後啃噬著兩個相知的心靈，方回因而道：

〈浣溪沙〉

　　秋水斜陽演漾金。遠山隱隱隔平林。幾家村落幾聲砧。

　　記得西樓凝醉眼，昔年風物似如今。只無人與共登臨。

昔日曾共同在流觴絲竹之會裏，共嚐人間溫馨的情誼，世俗縱無人能會自己胸中流水高山的情志，摯友的相賞相惜，也聊堪慰藉心中的崎嶇，奈何「人生聚散浮雲似」（〈羅敷歌〉），江南渭北是無情時空安排下彼此的方位，仕途不遇的失意，益以這無人共登臨的落寞，方回怎能不「折花臨水思茫然」（〈浣溪沙〉）？

　　兒女情愛是人間最美的一盞心燈，它總在彼此相悅相感的生命裏迸出絢麗的雲影天光，然而這芸芸眾生裏，誰是你我心中最美的一盞心燈，尋覓的過程是眾裏尋他千百度的跋涉，時時有著「難尋弄波微步」（〈下水船〉）的悵恨。方回因而寫下：

〈蝶戀花〉

　　幾許傷春春復暮。楊柳輕陰，偏礙游絲度。天際小山桃葉
　　步。白蘋花滿湔裙處。　　竟日微吟長短句。簾影燈昏，
　　心寄胡琴語。數點雨風約住。朦朧淡月雲來去。

這闋詞藉著感傷春光的逝去，而引起內心追求一份圓滿情感卻未就的淒然。上半闋起首三句寫春景，「楊柳清陰，偏礙游絲度」，以柳條濃密得連春風氣息亦無法透過，暗喻自己追求伊人無著的孤寂鬱悶。正如「柳花飛度畫堂陰，只憑雙燕話春心」（〈浣溪沙〉）一樣，予人窒息的愁苦之感。「天際」以下二句是心中憧憬的伊人之倩影，用筆輕盈靈動，所思者栩栩如在目前，點出傷心的原由。過片言百無聊賴中，只有將熾烈的情懷，孤獨的悲涼，寄託在琴聲中。末二句借景言情寫風靜雨止，月光在雲影朦朧中的景象，極言眼前的沉寂與清淡，輕靈曼妙中把方回心中情愛無以貞定的落寞淒清，傳達得非常貼切。

　　方回也曾幸運的覓得那盞照會心靈的燈火，然而仕途失意而致的

蹇困飄泊，總使得這份情愛無法止於圓滿，因而在山際水涯的浪轢流離中，時有相思相憶之歎：

〈石州引〉

薄雨收寒，斜照弄晴，春意空闊。長亭柳色纔黃，倚馬何人先折。煙橫水漫，映帶幾點歸鴻，東風銷盡龍沙雪。猶記出門時，恰如今時節。　將發。畫樓芳酒，紅淚清歌，便成輕別。回首經年，杳杳音塵都絕。欲知方寸，共有幾許新愁，芭蕉不展丁香結。枉望斷天涯，兩厭厭風月。

此詞上片寫眼前春景。「東風銷盡龍沙雪」不僅使方回察覺漂泊已久，也使他憶起昔日別離正是這樣的時節。過片以下，方回回憶曾有過的美好時光，如今都消逝了，那份苦澀的相思滋味漸漸濃郁而難化，於是他自問「共有幾許新愁」。「新」字涵義曲深，筆者以爲有二義：一指兩人之離愁雖爲舊有，但這份離愁卻在別後化作無限的相思，宛如新愁一樣，年年歲歲不斷的啃嚙著彼此。一指兩人別後，除原有的離愁以外，各自又經歷過無數的際遇，或宦途的多乖，或人事的滄桑。這些都是異於以往的離愁之新愁。面對這無人能答的問題，方回乃自拈一句「芭蕉不展丁香結」，把那份纏綿得化不開的相思情愫隱含在這景語中，令人黯然神傷。又如：

〈浣溪沙〉

鼓動城頭啼暮鴉。過雲時送雨些些。嫩涼如水透窗沙。
弄影西廂侵戶月，分香東畔拂牆花。此時相望抵天涯。

而同樣是羈旅中的相思惦念，方回在這裏卻以一種近乎悠然的平靜心態著墨，像是已悟那參不透的愛恨情愁，實則他是將纏綣情思化入眼前之景，而在描摩情景中，慢慢渲染出蘊藉於心的深深愛戀，「此時相望抵天涯」一句收束景語，萬千懷想如源如泉、奔騰跌宕，隨著方回在無窮無盡的天涯飄流。

「相去萬餘里，各在天一涯」的分離，對深深沉溺與執著於情感之流的人而言，是難以釋然於心的，因而方回詞中強烈的表現出對伊

人旖旎情態的眷戀，想藉此留住過去兩情相悅的愉悅，而卻又在無限沉湎後淒然的發現自己此刻的寂寥。諸如此類感情深陷的矛盾，充塞在方回詞中：

〈薄倖〉

艷真多態。更的的，頻回盼睞。便認得琴心相許，與寫宜男雙帶。記畫堂，斜月朦朧，輕顰微笑嬌無奈。便翡翠屏開，芙蓉帳掩，與把香羅偷解。　自過了，收燈後，都不見，蹋青挑菜。幾回憑雙雁，丁寧深意，往來翻恨重簾礙。約何時再。正香濃酒暖，人間晝永無聊賴。厭厭睡起，猶有花梢日在。

此詞上半闋寫女子一顰一笑，顧盼傳情的神態。便認二句，寫伊人芳心已許，以合歡雙帶暗示欲結同心。「記畫堂」以下，由現實回憶過去二人曾有過的一段司馬琴挑，明妃解珮的美好。下半闋則由「自過了，收燈後」一轉，而進入一種淡淡的淒迷裏。別後的音訊唯有請雙雁代傳，然而「往來翻恨重簾礙」一句，則又擊碎了所有的盼望，只有百無聊賴的度過一日復一日的惆悵孤寂。前半闋的沉湎過往情愛的歡樂，與後半闋別後的孤獨悲淒，前後情緒的變化造成了強烈的矛盾對比，也愈發突顯方回那份綿綿無盡、深邃夐遠的思念之情。另外如〈綠頭鴨〉、〈人南度〉、〈望湘人〉都與此詞相似，而表達了相同的深情。

　　猶可「封寄魚箋，擬話當時舊好」（〈斷湘弦〉），互通衷曲，期待另一個相逢的生離，已使方回深陷入無以自拔的傷感中，更何況是永無期待，完全絕望的死別？方回因而淒然的道：

〈半死桐〉

重過閶門萬事非。同來何事不同歸。梧桐半死清霜後，頭白鴛鴦失伴飛。　原上草，露初晞，舊棲新壠兩依依。空牀臥聽南窗雨，誰復挑燈夜補衣。

生同衾，死同槨是男女情愛的圓滿結局，然而大多數的人，都是在「同來何事不同歸」的無奈裏，送走另一個珍愛的伴侶。「梧桐半死清霜後，頭白鴛鴦失伴飛」二句，以景言情道盡方回內心淒清蕭條的感受。

過片寫生命的短暫，墓塋的淒冷，末句結以妻子挑燈夜補衣的情形，真摯之情令人為之淚泫而不忍卒讀，與「簟竟空牀，傷春燕歸洞戶，更悲秋、月皎回廊，同誰消遣，一年年、夜夜長」（〈寒松歎〉）一樣，寫盡了對死者的懷念之情。

由自己對這份情愛的深摯，使方回甚至為女子獨守空閨，「斷腸白蘋洲」的際遇感到不忍，因而他憐憫的道：

〈陌上郎〉

西津海鶻舟，徑度蒼江雨。雙艣本無情，鴉軋如人語。　　揮金陌上郎，化石山頭婦。何物繫君心，三歲扶牀女。

傳說中的望夫石是人間情愛最執著的一種展現，那尊冰冷的化石時時盤據方回的心底。他在詩集中曾寫下〈望夫石〉一詩，[註19] 誠摯而富感情的表達對人間情愛的執著。而這闋詞也是本著這份執愛而作，是對人間大地無數熾烈堅貞的怨婦之讚頌。「化石山頭婦」所象徵的意義是：永恒不變的愛，堅守誓約的情。[註20] 然而這深深的情愛卻繫不住浪子的揮霍情懷，在怨婦悠悠深情的等待容顏裏，在雨中雙艣無情的遠逝中，方回由浪子的無情，反襯出怨婦的癡情，也透露出他心中那份對人間情愛的執著。

置身人間情愛的江流，方回雖曾于情海的翻滾中，歷盡追求過程的落寞，備嚐生離死別的相思、絕望，但他始終相信情愛是人間最初的選擇與最後的堅持，因而即使山無陵，江水為竭，即使詞中盡是相思的苦澀，追求的落寞、孑然一身的孤獨與悵惘，但唯其執著才有苦痛，唯其沉湎才有惆悵，種種的傷心與淒婉，不正意味著方回對人間

[註19] 《慶湖遺老集》卷四：「亭亭望夫石，下閱幾人代，蕩子長不歸，山椒久相待，微雲陰髮彩，初月輝娥黛，秋雨疊苔衣，春風舞羅帶，宛然姑射人，矯首塵冥外，陳跡遂無窮，佳期從莫再，脫如魯秋民，妄結桑下愛，玉質委淵沙，悠悠復安在。」

[註20] 王孝廉，《中國的神話與傳說》，頁 81，王氏曾對石頭能象徵永恒不變的愛，堅守誓約的情，有所說明，認為這是古代原始咒術信仰的演變與延續。

情愛的無限沉湎與堅執？

第四節　山水田園的嚮往

　　田園山水是中國知識份子在歷經現實挫敗後，最嚮往的世界。他們在田園的自足與山水的空靈中，找到了使自己暫時不再疲憊困蹇的藥石，醫療因熱切於用世而造成的心靈傷痕，而能以平靜和諧的心情再次面對生命的流程。然而，同樣是對山水田園懷抱憧憬，個人在走向山水田園時的心態，卻也迥然不同。陶淵明在宦場失意後，坦蕩無所掛於心的走向田園，果決的斬斷世俗所有的牽執，以完全頓悟的超脫，親身投入田園的耕作行列，去領受自然中「歡言酌春酒，摘我園中蔬」（《讀山海經》十三首之一），嘯傲東軒下的妙境。其詩作中時有清新之句，表現出的是一種「一語天然萬古新，豪華落盡見真淳」〔註21〕的樸拙與純真。他真正的與自然化而為一，而獲得了真實的快慰。謝靈運他在世俗中失敗了，但由於放不下人世間的種種執取，因而雖嚮往山水田園，但每次隱居則奴僕數百相隨，儼然山中宰相自居，〔註22〕弄得「在山水則眷魏闕，居魏闕則思山水」。〔註23〕他大半生多沉湎在熱鬧歡娛、山水遊宴的盛會裏，詩作中雖盡是鐫刻細緻的山水美景，而終究流露出「我志誰與亮，賞心惟良知」（〈遊南亭〉）的寂寞之音，一生二隱三仕的宦途變化，正顯現出其走向田園時內心糾纏難解的矛盾，因而他並未由田園山水之中，得到絲毫的解脫。

　　陶、謝所展現的是中國文人在歷盡人世間的種種困境後，走向山水田園時典型的兩個心態。賀方回在失意的生命之旅中，也盼望著以山水田園為最後的皈依。他的詞集名「東山寓聲樂府」（〈東山詞〉）。「東山」一方面暗示他傾慕謝安功成名就卻不忘東山之志，一方面也

〔註21〕《元遺山詩集》卷十一，論詩絕句三十之四。
〔註22〕《宋書》卷六七，〈謝靈運傳〉：「……嘗自始寧南山伐木開徑，直至臨海，從者數百人。」
〔註23〕林文月，《謝靈運》頁15。

代表了他隱居的心願。〔註24〕詞集中且多處提到東山歸隱之志：

　　東山未辦終焉計，聊爾西來，車馬塵埃，悵望江南雪後梅。
　　（〈醜奴兒〉）

　　坐按吳娃清麗，楚調圓長。東山勝游在眼，待紉蘭擷菊相
　　將。（〈鳳求凰〉）

　　綠綺芳尊，映花月，東山道，正要，簡卿卿，嫣然一笑。（〈惜
　　奴嬌〉）

這些更印證了「東山」是其生命最終的去向。

　　方回從二十九歲始，內心就開始有著回歸田園山水的心態（詳第
一章），然而卻一直至六十七歲才算真正退隱。他一生兩度出仕，兩
度退隱的漫長生涯裏，像靈運一樣完全是在理想與現實的困境中度
過。誠如本章第一節所述，由於一展用世之忱，才是他此生最重要的
意義，他那用世的熱誠使他對仕途始終有著深深的眷戀。因而，即使
他不斷的受挫，但在「長安不見令人老」的痛苦之中，他仍存有一絲
冀望。他寧願忍受羈旅漂泊中憂心忡忡、鬱鬱糾擾的苦痛，也不願隱
居田園，陶醉在家鄉蓴羹鱸膾的溫馨與安逸之中。因而他道：

　　蓴羹鱸膾非吾好。去國謳吟半落江南調。滿眼青山恨西照。
　　長安不見令人老。（〈望長安〉）

然而，在種種殘酷的現實際遇磨折裏，他有時也會懷疑起自己這份濟
世的情懷而感傷的說出對山水田園的嚮往：

　　不堪回首臥雲鄉。羈宦負清狂。年年鏡湖風月，魚鳥兩相
　　忘。（〈訴衷情〉）

　　季鷹久負鱸魚興，不住今秋。已辦歸舟。伴我江湖作勝游。
　　（〈采桑子〉）

　　中年多辦收身具。投老歸來無著處。四肢安穩一漁舟，只

〔註24〕夏承燾〈賀方回年譜〉謂：「命名東山，或以謝安李白自命。（《樂史》
　　　爲〈李白集序〉稱『白客遊天下，以聲妓自隨，效謝安風流，自號
　　　東山』）；或考方回行跡，以爲東山「殆其晚年吳下菟裘。考吳縣志，
　　　莫釐峯即東洞庭山，省稱東山，方回或有別業在彼所也。」

　　許樵青相半去。　　滄洲大勝黃塵路，萬頃月波難滓污。
阿儂原是箇中人，非謂鱸魚留不住。(〈續魚歌〉)

不願屈就權貴的方回，有時又完全對仕途失望了，而流露出對了無機心的隱居生活之嚮往。他感覺到自己原該只是田園山水中的隱者，本不適糾葛於滾滾紅塵之中，而只宜於黃塵裏無渣無滓的歲月。

　　由以上兩種完全相反的表白看來，方回走向田園的心態是陰晴未定的，歸去與否完全繫乎當下內心的感受，也益顯其內心游離難以獲貞定的情緒矛盾，而他之未能在山水中得到寧靜，也註定是必然的了。這種矛盾有時完全展現在一闋詞中如：

〈鳳求凰〉

　　園林羃翠，燕寢凝香。華池繚繞飛廊。坐按吳娃清麗，楚調圓長。歌闌橫流美眄，乍疑生，綺席輝光。文園屬意，玉觴交勸，寶瑟高張。　　南薰難銷幽恨，金徽上，殷勤彩鳳求凰。便許捲收行雲，不戀高唐。東山勝游在眼，待紉蘭擷菊相將。雙棲安穩，五雲溪，是故鄉。

方回在上半闋以穠麗的陳設，如華池飛廊、園林羃翠、綺席輝光、玉觴、寶瑟等，極力形容昔日文期酒會，觥籌交錯，美人按歌勸酒的歡樂，在金碧輝煌的繽紛繁盛裏，他呈現的歡樂像永無止息的被奢侈的享用著。而至下半闋，則突接以「南薰難銷幽恨」一句，將氣氛由歡樂迴轉到幽恨，為後段東山勝游作伏筆，也是其所以欲歸隱的關鍵。「幽恨」二字蘊涵著一種說不出的鬱積悲憤，有著長年來現實生活的挫敗與傷心，失望與落寞。前後闋情境以「幽恨」為分界點，展現不同的意義。前半闋在穠艷的辭藻及鮮明的色澤中，流蕩出方回對過去仕宦生涯深深的依戀；而後半闋則是寫攜妓入故鄉丘壑的隱居情境。前後闋的矛盾歧異正暗示著方回走向東山的複雜心情。再如其〈御街行〉：

　　松門石路秋風掃。似不許，飛塵到。雙攜纖手別煙蘿，紅粉清泉相照。幾聲歌館，正須陶寫，翻作傷心調。　　巖陰暝色歸雲悄。恨易失，千金笑。更逢何物可忘憂，為謝江南芳草。斷橋孤驛，冷雲黃葉，想見長安道。

這闋詞一開始就寫出回歸山水、參破紅塵的宕達愉悅，而當方回沉湎
在這種近乎參透人世執取的陶然時，「翻作傷心調」暗示著那份難以
釋然於人世的悵然，又再度襲上心頭。「嚴陰暝色歸雲悄」，藉著外在
黯淡的景色，襯托出內心漸趨凝重的愁懷。「爲謝」以下四句更以蕭
索的秋景抒寫心繫京邑的用世之忱，充滿無限傷心。前後闋再次呈現
情境的不諧調。薛礪若謂「斷橋孤驛、冷雲黃葉、想見長安道」三句
詞境高曠，音調響凝，筆鋒遒健，爲東山詞的最上乘之句，但可惜全
篇不能相稱。〔註25〕筆者則以爲薛氏或未解方回，故有此論。須知這
表面上的矛盾或不相稱，正是方回內心最真誠的映現。正如〈鳳求凰〉
一闋，它袒露方回走向田園山水的崎嶇心境。

　　由以上所引兩闋詞前後情境的矛盾，我們強烈的感受到方回內心
的糾結。他一方面執著於用世的情懷，但因不願屈就權貴，只好否定
富貴功名，嚮往山水田園；一方面雖否定富貴功名，卻又放不下用世
的熱情，並對過去仕宦生活中美好的一面，充滿深深的依戀。他的生
命就在這種極端的矛盾裏，達到了悲劇的頂點。其〈御街行〉中「雙
携纖手別煙蘿，紅粉清泉相照」，正是其矛盾心態的最佳寫照。「纖手」
與「紅粉」都是塵世中才可見的，而「煙蘿」與「清泉」則出現在隱
居的田園山水。前者象徵人爲世界中紛繁綺麗的感情，後者象徵自然
世界中的平靜與淡然。當我們選擇紅塵的紛繁綺麗，我們也同時放棄
了恬靜清淡，了無牽繫的田園世界；當我們選擇以田園山水的寧靜爲
永久的歸宿，也意味著選擇了斬斷紅塵的種種情緣。這兩者所代表的
原是兩個截然不同的境界。然而，方回他卻割捨不下任何一種。在人
世，他有太多的執取，積極的用世情懷固是方回最最難以釋然的一個
心結，而人間情愛更是一椿不能拭去的紅塵心事，種種的不能割捨、
不願割捨，方回因而選擇「雙携纖手別煙蘿，紅粉清泉相照」。他要
在清新的田園裏，渲染上紅塵的顏色；在山水的澹泊裏，裝點上濃郁

〔註25〕參見薛礪若《宋詞通論》，頁129。

的情感。這種牽強矛盾的組合，雖然呈現出近乎和諧美好的境界，正如〈定情曲〉中所展現的：

> 沉水濃熏，梅粉淡妝，露華鮮映春曉。淺颦輕笑，真物外，一種閒花風調。可待合歡翠被，不見忘憂芳草。……念樂事稀逢，歸期須早。五雲聞道。星橋畔，油壁車，迎蘇小。引領西陵自遠，攜手東山偕老。殷勤製雙鳳新聲，定情永為好。

美人相伴解愁，雙雙偕老於東山，豈非人間之至樂？但正如上文的分析，我們認為方回歸隱田園山水時的攜妓相伴，正如靈運的奴僕相隨，都代表著對塵世的無限眷戀與割捨不去。山水田園的東山勝境在他，也只不過是一種暫時的撫慰與安頓。他完全不能從自然中得到真正的寧靜，對自然的嚮往，只不過更加顯現出他內心更深層的矛盾罷了。

第五節　歷史流程的省思

歷史是人類活動的記錄，它記載著人類所曾有過的偉業與挫敗，歡笑與哀愁，透過它，我們理解了時代的真相，覽觀了人類的過往，也在時空劇烈的變幻與限圍中，感受到生命的割斷、隔絕與消逝，自覺到個人生命的渺小，進而了悟生命的滄桑、短暫與無奈，產生無常幻滅之感。

方回亦時有這種歷史的幻滅之感，他每藉著今昔滄海桑田的強烈對比，傳達這種感覺：

> 〈將進酒〉
>
> 城下路，淒風露。今人犁田古人墓。岸頭沙。帶蒹葭。漫漫昔時流水今人家。黃埃赤日長安道。倦客無漿馬無草。開函關。掩函關。千古如何不見一人閒。　　六國擾。三秦掃。初謂商山遺四老。馳單車。致緘書。裂荷焚芰接武曳長裾。高流端得酒中趣。深入醉鄉安穩處。生忘形。死忘名。誰論二豪初不數劉伶。

上片「城下露」對「淒風露」，「今人犁田」對「古人墓」，「漫漫昔

時流水」對「今人家」,「開函關」對「掩函關」,在快速的空間接替中,方回展現給我們的是突兀而對比性極強的場景,使人於驚愕時空的流轉之際,思索生命裏不可避免的灰飛煙滅。末句「千古如何不見一人閒」是詞人對人世一切繁華與蒼涼,生與死,所提出的最大疑慮。他自問:在有限的時空中,卻作無限的追求,早就註定是個悲劇,「公無渡河,公竟渡河,墜河公死,當奈公何」(〈箜篌引〉)的悲哀,正是整體人類的悲哀。既然如此,人為何要在歷史的沙漏中接受這流失、消逝的命運?活一次已註定了會滅亡的生命?下片藉時間的轉換,方回再一次表達他對歷史變化的敏銳感受。六國的紛擾、漢高祖時商山四老的歸隱、漢惠帝時以卑辭厚禮迎四老,而四老又復出仕……,歷史中的事件不斷變幻著,藉著商山四老類似終南捷徑的行蹟,方回帶有批評精神的寫下「裂荷焚芰接武曳長裾」,表達他對四老行徑的不滿,影射那些為權貴而不惜犧牲原先隱逸志向的人。姑不論其對這一史實論斷得正確與否,此種陳述已間接的反映出他心中理想人格的形象。由時、空的變幻中,方回所認知的歷史世界是令人愴然的無情,然而現實人生又總離不開歷史的軌跡,我們在歷史中也更看清了自己,更加了解由繁華到幻滅的不可改變。但是既生活在這可預見的存在悲劇中,總要解決心頭上的癥結,為自己的存在找到一方安穩適性的境域。方回在最後提出了他紓解這一憂思的方式,那就是「深入醉鄉安穩處,生忘形,死忘名」,學劉伶做一個沉浸醉鄉中無思無慮的人,這正如「酌大斗。更為壽。青鬢長青古無有。笑嫣然。舞翩然。當壚秦女十五語如絃。」(〈行路難〉)及「寄一笑何與興亡。量船載酒,賴使君,相對兩胡牀。緩調清管,更為儂三弄斜陽。」(〈凌歊〉)一樣,都試圖借酒在現實中另築伊甸,放棄對人世的執取,參透繁華的幻象,讓盡情飲酒作樂的落拓豪邁之氣,掩飾生命裏的悵惘與不快。

　　這種歷史繁華的幻滅之感,有時使他勾起對田園山水的嚮往,而

冀望在塵囂之外，尋求內心的平靜：

〈玉京秋〉

隴首霜晴，泗濱雲晚，乍搖落。廢榭蒼苔，破臺荒草。西楚
霸圖冥漠。記登臨事，九日勝游，千載如昨。更想像晉客□
歸，謝生能賦繼高作。　　飄泊。塵埃倦客。風月羈心，潘
鬢曉來清鏡覺。蠟屐綸巾，羽觴象管，且追隨集旐行樂。東
山□應笑，簡儂風味薄。念故園黃花，自有年年約。

這是方回於秋時登高所作，上半闋以「廢」、「蒼」、「破」、「荒」等字
寫登臨所見的蒼茫殘破景象，進而想起歷史上此地曾有的繁華，如今
已盡傾圮，引發歷史幻滅之感，因而傾慕晉客謝萬的風流灑脫。而由
於方回把個人生命的理想看成是歷史的意義與價值，因而他認爲歷史
的消逝也代表著個人生命的消逝，對一個懷抱理想而始終不遇的人來
說，生命的消逝更意味著實現理想的渺茫。方回在感受到普天下所有
生命存在的悲劇之時，也同時感受到自己的失意，是以他的悲愁是雙
重的。這雙重的悲愁，使倦宦他鄉的方回在下半闋流露出想效法謝
萬、謝靈運，穿蠟屐、戴綸巾，和著樂聲，浩浩蕩蕩的和眾人走向山
水，化解生命中的不如意。

「繁華夢，驚俄頃，佳麗地，指蒼茫」（〈凌歊〉），這歷史的流轉
與人事的興替，正若歲月的剝復，是極爲自然的。方回有時也能以閒
人般平和的心情登覽古蹟，完全隔絕於歷史的幻滅、起伏，而道：

〈天門謠〉

牛渚天門險。限南北、七雄豪占。清霧斂。與閒人登覽。
待月上潮平波灩灩。塞管輕吹新阿濫。風滿檻。歷歷數、
西州更點。

他登臨當年七雄爭佔的險要之地——采石磯峨眉亭，眼中所見是月光
下風平浪靜、波光灩灩的悠然景致，似乎已能自外於歷史的紛繁，而
去瀏覽、感覺古蹟的本身，而無絲毫傷感。

有時方回冷靜的思索興衰代謝的歷史，將它作客觀的展現：

〈臺城柳〉

　　南國本瀟灑。六代浸豪奢。臺城游冶。褰篸能賦屬宮娃。
　　雲觀登臨清夏。璧月留連長夜。吟醉送年華。回首飛鴛瓦。
　　欲羨井中蛙。　　訪烏衣，成白社。不容車。舊時王謝。
　　堂前雙燕過誰家。樓外河橫斗掛。淮上潮平霜下。檣影落
　　寒沙。商女篷窗罅。猶唱後庭花。

在這闋詞裏，方回冷靜的陳述他登臨古蹟臺城〔註26〕時的感受，他像
置身歷史之外而未渲染上個人主觀的情志，僅僅呈現出朝代興替中，
臺城中變與不變的景象。變的是六朝的豪奢已鉛華落盡，而唯一不變
的是那曾照六朝繁華的月色依然留連。最後更以「商女篷窗罅，猶唱
後庭花」，說出即使生命終將滅亡，舊時王謝的燕子已不知去向，但
歷史終將不斷轉換，朝代也將永無止盡的向前推進，這必然的興廢之
理，並未對人類有任何的意義。在河橫斗掛、潮平霜下的寒夜，一樣
有著不知亡國恨的商女，在唱著歡樂的曲調。藉著商女不變的歌聲，
方回傳達出對人事的遷移，歷史的變化實不需訝異，生命將一樣的破
落去，歲月的剝復原是極自然的現象，無需加以過度的渲染，整闋詞
在平靜中呈現事景，但我們由其激越的聲調也可以感受到其內心是有
著些許落寞的情調。

　　由以上方回對歷史的種種觀照看來，他像能與歷史的興衰隔絕，
而純粹以閒人的心情欣賞古蹟，也能理性體察到萬物由剝而復、由復
而剝的道理，冷靜的陳述歷史的景象。然而，這些畢竟不是他對歷史
的眞正感受，因為他並未從歷史的無常幻滅中了悟，進而肯定歷史的
精神意義與價值，轉而超脫的看人事，卻仍沉溺在生命的短暫與破
滅，無以自我展現的哀傷中。換言之，他對歷史的觀照，常著眼於個
人生命的缺憾（如懷才不遇……），其看似達觀的欲投入醉鄉，甚或
走向東山，也正像上節「雙携纖手別煙蘿，紅粉清泉相照」一樣，都
暗含著對人世一切深深的眷戀與執著。

〔註26〕六朝時稱帝都為臺城，即今南京市北玄武湖畔。

第六節　坊曲情懷的呈現

北宋詞人在創作內容上，有一部分是承襲晚唐五代花間、尊前遺緒而來。這些詞產生的背景，正如〈花間集序〉所謂：

> 有綺筵公子，繡幌佳人，遞葉葉之花牋，文抽麗錦，舉纖纖之玉指，案拍香檀，不無清絕之詞，用助嬌嬈之態。（歐陽烱，〈花間集序〉）

是爲了因應北宋社會表面的承平繁榮及歌臺舞榭的盛會而作，既爲供宴舞之用，歌者又大都是女性，爲了適合歌者身份，因而描寫的對象不外是以坊曲中的女性爲主，且多以女子口吻出之，反映她們的離恨別怨，綺情艷思。爲了表達這種內容，對於女性的容顏、儀態、服飾、動作、神態⋯⋯等，作者們都做了精細的刻劃，與唐五代詞所表現的「坊曲情懷」（註27）如出一轍。筆者遂將北宋這類依循花間一脈遺緒而來的詞，名爲「坊曲情懷」。

而北宋初的柳永即是描寫這類內容的佼佼者，他不僅對歌妓的外貌、動作、服飾⋯⋯等作微細的描述，如：

> 香靨融春雪，翠鬢嚲秋煙。（〈少年遊〉）

> 天然俏自來奸點，最奇絕是笑時媚靨深深。（〈小鎮西〉）

> 香檀敲緩玉纖遲，畫鼓聲催蓮步緊。（〈木蘭花〉）

> 顧香砌，絲管初調，綺筵風，佩環微顫。（〈柳腰輕〉）

更在抒寫坊曲女子的心態時，較諸花間各作者注入更多的感情與生命，而作更深刻生動的描摩，如：

減字木蘭花

> 花心柳眼。郎似游絲常惹絆。慵困誰憐。繡綫金鍼不喜穿。
> 深房密宴。爭向好天多聚散。綠鎖窗前。幾日春愁廢管絃。

賀方回前承花間、柳永的影響，因而也免不了受此歷史條件之局

〔註27〕《中國文化新論・文學篇二—意象的流變》，頁229～330。吳炎塗先生謂唐五代詞的主要表現範圍是在市井女性的種種情懷，故名之爲「坊曲情懷」。

限，而有坊曲情懷的呈現，他或寫女子的容顏儀態：

> 清滑京江人物秀。富美髮，豐肌素手。寶子餘妍，阿嬌餘
> 韻，獨步秋娘後。（〈問歌鬖〉）
>
> 梳□髮如蟬，鏡生波上蓮。（〈菩薩蠻〉）
>
> 雪兒窺鏡晚娥纖。（〈浣溪沙〉）
>
> 倩生眄睞，擁髻揚蛾黛，多態。（〈感皇恩〉）
>
> 羅襟粉汗和香浥，纖指留痕紅捻。（〈木蘭花〉）

或寫服飾：

> 絳裙金縷褶。（〈菩薩蠻〉）
>
> 宮錦袍薰水麝香，越沙裙染鬱金黃。（〈浣溪沙〉）
>
> 巧翦合歡羅勝子，釵頭春意翩翩。（〈雁後歸〉）

或寫動作：

> 舞按霓裳前段，翻翠袖，怯春寒。（〈翻翠袖〉）
>
> 粉□舞按迎春徧，似飛動，釵頭燕。（〈舞迎春〉）
>
> 笑拈飛絮宵金釵。（〈掩蕭齋〉）
>
> 約略整鬖釵影動，遲回顧步佩聲微。（〈攤破浣溪沙〉）
>
> 朝鏡試梅粧，雲鬖翠鈿浮動，微步擁釵梁。（〈試周郎〉）
>
> 蜀錦塵香生襪羅，小婆娑，箇儂無賴動人多，是橫波。（〈豔
> 聲歌〉）

或寫神態：

> 閒凭銀箏，睡鬖慵梳掠，試問為誰添瘦弱，嬌羞只把眉鬖
> 著。（〈鳳棲梧〉）
>
> 竚倚碧雲如有待，望新月，為誰雙拜，細語人不聞，微風
> 動，羅裙帶。（〈攀鞍態〉）
>
> 瓊瓊絕藝真無價，指尖纖，態閒暇，幾多方寸關情話，都
> 付與、絃聲寫。（〈辨絃聲〉）

由以上的描述，可知方回對女子的各種樣態往往極刻意的加以雕飾，
而這些描寫有時合在一闋詞中，展現一個女子的情懷：

〈菩薩蠻〉

　　綠窗殘夢聞鵾鴃。曲屏映枕春山疊。梳□髮如蟬，鏡生波
　　上蓮。　　絳裙金縷摺。學舞腰肢怯。簾下小凭肩。與人
　　雙翠鈿。

此詞上半闋寫女子被鵾鴃驚起後，開始梳妝的情形，「殘夢」正暗示著
女子心中別有所思，而鏡中女子的美麗，更隱約傳達了顧影自憐的悲
哀。至下半闋寫其服飾之美，學舞之姿，而當她靠在簾下，卻驀然看
到所思之人相贈的雙翠鈿，於是心頭的思念全部湧出。以「雙」反襯
其孤單，全詞極力在芳心寂寞孤單上用筆，卻無悲傷孤獨的字眼，完
全以眉宇、衣飾、動作等客觀描寫，呈現女子的孤獨情懷。方回的這
類作品和唐五代作品，可謂神似形似，所寫出的女子雖乏生命與個性，
但卻具隱約曼妙態，正如鄭師因百評溫庭筠詞時所謂：「具有普天下鷓
鴣所共有的美麗，而沒有任何一隻鷓鴣所獨有的生命。」〔註28〕

　　而雖同是描寫坊曲情懷，方回也能像柳永一樣，擺脫唐五代詞「畫
屏金鷓鴣」的模式，而注入女子較多的情感與生命，寫來至為動人。

〈吹柳絮〉

　　月痕依約到西廂。曾羨花枝拂短牆。初未識愁那得淚，每
　　渾凝夢奈餘香。　　歌逢嫋處眉先嫵，酒半酣時眼更狂，
　　閒倚繡簾吹柳絮，問何人似冶遊郎。

此詞寫坊曲女子的相思情懷，上半闋寫女子像往常一樣，充滿期待的
來到西廂，但「依約」而來的卻非所思之人，而卻是那輪明月，反襯
出女子殷切的期待，竟忘卻男子早已離去了。次句「羨」字寫出女子
只能在時空的乖隔裏，嘗那錦書難託的思念之苦，說出女子命定的悲
哀。「初未識愁那得淚，每渾疑夢奈餘香」二句，了無痕跡的把女子
的愁與淚輕妙的點出，情蘊無限，「直是賀老從心化出」（《白雨齋詞
話》卷六）。下半闋寫別後借酒澆愁、閒吹柳絮百無聊賴的處境，益
顯芳心之孤寂，末句明白點出的情結，令人黯然。整闋詞把坊曲女子

〔註28〕鄭師因百，〈論馮延巳詞〉一文，收入《景午叢編》上編。

的癡情，因癡情而致的愁苦，因愁苦而生的難以排遣之情，做了自然生動的表白。他的這類作品雖是時代風潮下的產物，但含蓄婉約，既不傷於妖冶纖佻，也不流於幽貞迂腐，與前舉柳永一類淺白露骨的坊曲情懷，有著天淵之別，顯示其在透視坊曲女子的心情上，實有異乎前人的突出表現。又如其〈浣溪沙〉：

清淺陂塘藕葉乾。細風疏雨鷺鷥寒。半垂簾幕倚闌干。

　　惆悵窺香人不見，幾回憔悴後庭蘭。行雲可是渡江難。

此詞也是寫坊曲女子的相思情懷，方回也是以客觀景物的呈現渲染女子的心情，但卻能一反唐五代寫女子情懷的濃艷粉膩，精麗華美，而以清新景致舖寫，另呈一種情致。前半闋寫女子倚闌眺望所思景物，後半闋才寫出女子的含情脈脈，然而作者不著一情字，而完全借景言情，不寫自己深邃的悲懷，而寫「幾回憔悴後庭蘭」，不道所思之未歸，卻以「行雲可是渡江難」一句設喻自問，既為妥貼的比喻，又是清淡的實景，而所有的情意盡流盪於其間。

至於寫離情之苦的有〈子夜歌〉：

三更月。中庭恰照梨花雪。梨花雪。不勝淒斷，杜鵑啼血。
王孫何處音塵絕。柔桑陌上吞聲別。吞聲別。隴頭流水，
替人鳴咽。

整闋詞反映坊曲女子面對離別的感傷，情感真摯而令人為之鳴咽。

由以上方回在坊曲情懷上的流露，我們發現其固難脫客觀環境的圍限，而有此類專寫坊曲間女子之作，但他卻能著重刻劃隱藏於內心的深邃情感，以含蓄深婉之筆，寫她們的相思之苦、離別之怨，反映他對社會中一群無助女子的關懷心態，因而這類作品也具有其特殊的時代意義。

第三章　賀方回詞的藝術技巧

　　文學作品的要素有二：一爲內容，一爲形式。內容固然是作品的重點所在，但如何藉形式的妥貼安排，使內容得到恰如其分的表達也是很重要。尤其詩詞爲情思幽杳賾深的文學精品，更異於普通的語言，若不能運以敷設渲染的純熟技巧，而竟直言之而無緣飾，則將何異乎口頭語言？《文心雕龍》〈情采篇〉曰：「虎豹無文，則鞟同犬羊。」正是此理。

　　詩詞的語言既異於一般的語言，故有人以步行比日常語言，以舞蹈喻詩的語言，〔註1〕這種比喻正說明了詩的語言之藝術性。而詩的藝術性必須透過語言的意義與聲音來展現，前者造成詩的圖畫性，後者則形成詩的音樂性。圖畫性的視覺效果主要靠遣辭造句來傳達，音樂性的聽覺效果則靠韻律節奏來傳達。另外，語言如何配合內容的推展而架構成一首詩，也是很重要的技巧之一，此即章法結構。是以本節將分就遣辭造句、韻律節奏、章法結構三方面來探討方回詞的藝術技巧。

〔註 1〕 《現代詩的探求》，村野四郎著，陳千武譯，頁 41，引法國詩人梵樂希之言。

第一節　遣辭造句

　　詩是語言的藝術，而語言是永遠的創新，〔註2〕故《文心雕龍》曰：「設文之體有常，變文之數無方。」又曰：「文律運周，日新其業，變則其久，通則不乏。」（〈通變篇〉）認爲一個詩人所面臨的最大挑戰就是能「變」，也就是要突破語言的種種限制，發揮語言最大的特質及作用，使語言不致僵化，而使文學在不斷的創新中具有永恆不朽的生命。

　　賀方回深知文學通變之理，因而在創作技巧上，致力於凝鍊文字，務使字字擲地有聲。爲了達此目的，他以嚴謹的態度斟字酌句，《碧雞漫志》曰：

> 賀方回石州慢，予舊見其藁。風色收寒，雲影弄晴，改作薄雨收寒，斜照弄晴。又冰垂玉筯，向午滴瀝簷楹，泥融消盡牆陰雪，改作煙橫水際，映帶幾點歸鴻，東風消盡龍沙雪。〔註3〕

由改易前與改易後的字句，兩相比較，正可看出方回遣辭造句的功力。以下茲就鍊字、麗藻、典故三方面，分別觀察方回駕馭語言的技巧。

一、鍊　字

　　積字成句，積句成章，是以「字」是文學作品的基石所在，劉勰《文心雕龍》別立鍊字一篇而曰：「善爲文者，富於萬篇，貧於一字。」不僅深識鍊字之難，也體會出鍊字的成功與否於全篇所造成的影響。宋詞是精緻的語言藝術，因而在字的鍛鍊上講究精心營造，別出新裁，務能使「味之者無極，聞之者動心」（鍾嶸《詩品》卷上），張炎更謂宋詞的本色語就是要求「詞中一個生硬字用不得，須是深加煅煉，字字敲打得響，歌誦妥溜」。〔註4〕而在詞中扮演敲打得響的角色

〔註2〕克羅齊，《美學原論》第十八章，傅東華譯，頁244。
〔註3〕王灼，《碧雞漫志》，卷二，詞話叢編本頁41。
〔註4〕張炎，《詞源》卷下，詞話叢編本頁206。

主賴動詞，此即元陸輔之所謂的「詞眼」。〔註5〕動詞有感覺動詞、動態動詞、連接動詞等，這些動詞可以表現具體的靜態意象，又可兼具「力」的轉移的動態美。〔註6〕若能巧妙的加以鍛鍊，必可由此字適度的強化詞情，而產生令人「驚聽回視」（《文心雕龍・比興篇》）的效果。

賀方回以善於鍊字著稱，張炎謂其鍊字「多於溫庭筠、李長吉詩中來」，〔註7〕方回亦自謂：「吾筆端驅使李商隱、溫庭筠，常奔命不暇。」（葉夢得〈賀鑄傳〉）是以爲觀察方回鍊字的造詣，首先必得掌握李賀、李商隱、溫庭筠三人鍊字的特色，茲舉數例如下：

露壓煙啼千萬枝 （李賀）〈昌谷北園新筍〉）

東關酸風射眸子 （李賀〈蝴蝶舞〉）

白石巖扉碧蘚滋 （李商隱〈重過聖女祠〉）

只有空牀敵素秋 （李商隱〈端居〉）

塊壘韶容鎖澹愁 （溫庭筠〈東郊行〉）

以上這些例子中，動詞均在突破語言僵枯性及變化語言成規的觀念下，被強化運用，而使詩呈現鮮明逼真的風貌，予人耳目一新之感。如第一句不直寫風吹竹林而有聲，卻說任竹林在露中壓，在煙中啼，「壓」、「啼」兩個精鍊的動詞，使詩情活潑生動，展現出一種動態的美感。第二句由「射」字，迅速的補捉了風的特性，完全掌握了塑造動態美的高超技巧。第三句「滋」字，利用此字本身漸漸鋪衍的特性，不僅寫出了眼前苔蘚的瀰漫無極，也暗示著作者的某些情感在心裏滋生。第四句，空牀的落寞與素秋的悲涼，借「敵」字的動感絪合，而造成一種相頡頏的悲哀。第五句寫心中相思的愁苦，宛如被鎖住而無

〔註 5〕陸輔之，《詞旨》，陸氏輯詞眼二十六則。詞話叢編本頁 289。
〔註 6〕高友工、梅祖麟，〈論唐詩的語法、用字與意象〉一文，收入中外文學出版之《古典文學論叢》詩歌之部。
〔註 7〕同註4。

可消解，「鎖」字強化了相思的緊束煎人與無以釋懷。由這些動詞的使用看來，確乎已達到了創新語言而令人味之無極、聞之動心的效果。賀方回承繼這種精鍊文字的手法，因而錘鍊的動詞在東山詞中俯拾皆是：

六代漫豪奢。(〈臺城柳〉)

煙絡橫林，山沈遠照。(〈伴雲來〉)

半垂油幕護殘寒。(〈平陽興〉)

海棠鋪繡。　丁香露泣殘枝。(〈柳稍青〉)

煙柳春梢蘸暈黃。(〈浣溪沙〉)

翦綵凝酥無處學，天然奇葩。(〈梅香慢〉)

飛樓十二珠簾，恨不貯當年彩蟾。(〈怨三三〉)

清淮鋪練。　想晨妝，膏濃塵翠。(〈弄珠英〉)

吳波不動，四際晴山擁。(〈清平樂〉)

蛩催機杼，共苦清秋風露。(〈伴雲來〉)

擾晴風絮，弄寒煙雨。(〈金鳳鉤〉)

惱花顛酒拼君瞋，物情唯有醉中真。(〈醉中真〉)

鑪煙微度流蘇帳、(〈菩薩蠻〉)

控滄江，排青嶂。(〈凌歊〉)

露洗涼蟾，漱吞平野。(〈菱花怨〉)

楊柳輕陰，偏礙游絲度。(〈蝶戀花〉)

鴉青夕陽山映斷，綠楊風掃津亭。(〈想娉婷〉)

被惜餘薰，帶驚賸眼。(〈望湘人〉)

深竹逗流螢。(〈想娉婷〉)

侵窗冷雨燈生暈。(〈思越人〉)

舞風眠雨，伴我一春銷瘦。(〈鶴沖天〉)

境跨三千里，樓侵五尺天。(〈宴齊雲〉)

似此例子多得不勝枚舉，可見方回的特長在此。第一部分的動詞屬於凝重性的，這些動詞能把靜態的事物生氣盎然的描摹出來。如海棠花盛繽紛之美原難以形容，而方回但以「鋪」繡來形容，構成一幅生動的景象，不僅把花的動態之美展現出來，而且刻劃得極為清晰細緻。「煙柳春梢蘸暈黃」，寫暮春暈黃的楊柳，輕拈一「蘸」字，像柳絲是自己去沾惹上顏色的，寫來倍覺栩栩生動。「丁香露泣殘枝」寫丁香著露時的樣態，因人的思鄉情結而遷情於物，「露泣」兼寫眼前實景及作者心中思歸不得的悲哀。又如描寫山光水色之美，卻不直說山繚繞著水，而謂「四際晴山擁」，「擁」字本身具力的推移效果，靜物的抽象之美因而變得極具體。「六代浸豪奢」，「浸」字予人一種沈溺不起的強烈感受，一方面寫出了六代繁華的盛況，一方面也強烈的暗示著今日的蒼茫與萬劫不復。

　　第二部分的動詞屬於飛動性的，這是利用飛動性的動詞所產生的力感，使外物具有生命躍動的特質，如：「蛩催機杼，共苦清秋風露」，抒寫羈旅中所見，「催」字一面與詞後部分所敘「不眠思婦，齊應和幾聲砧杵」相配合，寫出不眠思婦急切為征人做禦寒征衣的心情，一面也暗示著時節已步入深秋，詞人飄泊已久。而由蛩之苦於秋天的風露，進一步的說出自己飄流天涯、宦場失意的淒冷心境。「擾晴風絮，弄寒煙雨」形容風絮、煙雨的飄飛，卻以「擾」、「弄」二字生動的把風絮、煙雨刻劃成刁鑽頑逆而欲與晴日相互頡頏的樣態，使無情物色竟具有情生氣，詞意新鮮而富創意。又如「楊柳輕陰，偏礙游絲度」寫楊柳的濃密，而卻說它使春天的氣息無法飛度，「度」字用得相當生動，詞人心情的鬱悶難解，也正像柳條濃密得無以開展、飛度。其他各句的動詞也都有著同樣的作用。

　　不論是凝重性的動詞，或飛動性的動詞，由以上的探討可知方回均能妥善加以運用，不僅寫出了外物的動態、靜態之美，更使外物的特性與自身之情思做最相契的配合，致物著人之感性而產生強烈的抒情效果。

　　其次，配合著這種動詞的使用，方回常常以擬人的動詞來寫外物，此種移情共感的擬人化手法，一方面寓自我的情思於物，一方面寓物之特色於己，即「以精神寄色相，以色相寄精神」，使我物我之間互相映襯，達到「在外者物色，在我者生意」〔註8〕的情境。茲舉數例如下：

　　　　年年遊子惜餘春，春歸不解招遊子、(〈惜餘春〉)

　　　　自是芳心貪結子，翻使，惜花人恨五更風、(〈捲春空〉)

　　　　斷無蜂蝶慕幽香，紅衣脫盡芳心苦。(〈芳心苦〉)

　　　　當年不肯嫁東風，無端卻被秋風誤。(〈芳心苦〉)

　　　　當年酒狂自負，謂東君，以春相付。(〈伴雲來〉)

　　　　賴明月，曾知舊遊處，好伴雲來，還將夢去。(〈伴雲來〉)

　　　　秋風想見西湖上，化出白蓮千葉花。(〈千葉蓮〉)

　　　　東風太是無情思，不許扁舟與盡還。(〈思越人〉)

　　　　待舞蝶游蜂，細把芳心都告。(〈馬家春慢〉)

　　　　恨難招，越人同載，會憑紫燕西飛，更約黃鸝相待。(〈菱花怨〉)

　　　　擬倩東風，化作尊前入夢雲。(〈減字木蘭花〉)

　　　　明月多情隨柂尾，偏照空牀翠被。(〈惜雙雙〉)

　　　　西風燕子會來得，好付小箋封淚帖。(〈木蘭花〉)

　　　　幾回憑雙雁，丁寧深意，往來翻恨重簾礙。(〈薄倖〉)

這些詞句，結合了想像與戲劇性，使詞的語言不致僵化，如：「當年不肯嫁東風，無端卻被秋風誤」，將自己的擇善固執，不肯趨炎附利

〔註 8〕方東美，《科學哲學與人生》，頁 22。

而導致的落寞命運，比喻爲如荷花一樣不肯嫁東風所致，「嫁」字戲劇性的使物色染上了人的生氣，詞意因而新奇而令人玩味再三。又如「當年酒狂自負，謂東君，以春相付」，把當年的狂妄自負，對未來的充滿信心說成是東君把春天交付給自己，與今日之流浪天涯相較，正委曲婉轉的傳達了內心無限的悲淒與憾恨。其他如荷花會貪結子，明月會多情，蜂蝶會傾聽人的衷曲，紫燕會帶來訊息，東風更有無情的時候，秋風會化成千葉蓮花，出現於西湖之上……，一切的外物都因作者本身的情感而渲染上生命的氣息，作者本身的情思也因外物的特性而被巧妙烘襯出來，這種物我交融合一的表現方法，使詞的語言活潑清新，意蘊曲折深婉，爲宋詞注入了新的生命。故王灼謂其「語意精新，用心甚苦」。〔註9〕

就以上的探討可見，方回在鍊字的技巧上，不論是對動詞的掌握，或擬人化語言的使用，都已至化境，賀詞「化工著意呈新巧，翦刻朝霞釘露盤」（〈翦朝霞〉）正足以說明其鍊字的著意用心及巧奪天工。而就其鍊字所造成的效果而言，前人謂其詞「鮮清」、「新鮮」〔註10〕實具灼識。

二、麗　藻

賀方回詞於用字遣辭的一大特徵是外表五色繽紛，光彩奪目，因而前人論詞都用「綺麗」、〔註11〕「盛麗」、〔註12〕「雅麗」、〔註13〕「華贍」〔註14〕等字眼來形容，近人更將之歸諸爲「艷冶派」。〔註15〕茲舉例如下：

〔註 9〕王灼，《碧雞漫志》卷二，詞話叢編本頁 32。
〔註10〕見田同之，《西圃詞說》，詞話叢編本頁 1488。江順詒，《詞學集成》卷五，詞話叢編本頁 3235。
〔註11〕楊慎，《詞品》卷四，詞話叢編本頁 459。
〔註12〕張耒，《張右史集》卷五，〈賀方回樂府序〉。
〔註13〕杜文瀾，《憩園詞話》卷四，詞話叢編本頁 3035。
〔註14〕王國維，《人間詞話》卷上，詞話叢編本頁 4260。
〔註15〕參見薛礪若，《宋詞通論》，頁 126。

人自起，翠衾寒夢，夜來風惡，腸斷殘紅和淚落。(〈傷春曲〉)

錦瑟年華誰與度，月橋花院，瑣窗朱戶，唯有春知處。(〈青玉案〉)

六英紛泊，清鏡曉倚巖琪樹，撓雲珠閣，窈窕繒窗褰翠幕。(〈念良游〉)

燈火虹橋，難尋弄波微步。(〈下水船〉)

綵舟載得離愁動，無端更借樵風送。(〈菩薩蠻〉)

朱薨碧樹鶯聲曉，殘醺殘夢猶相惱。(〈菩薩蠻〉)

翠釵分，銀牋封淚，舞鞾從此生塵。(〈綠頭鴨〉)

古銅蟾硯滴，金雕琴薦，玉燕釵梁。(〈畫眉郎〉)

華堂重廈，向尊前，更聽碧雲新怨，玉指鈿徽，總是挑人心眼，恨隨紅蠟短。(〈河傳〉)

臨水朱闌垂柳下，從坐蓮花，潋灩觥船泛露華。(〈減字木蘭花〉)

玉指金徽調舊怨。(〈清平樂〉)

斷腸新句，粉碧羅牋，封淚寄與。(〈摻鼻吟〉)

綺窗煙雨夢佳期，飛霞艇子雕檀楫。(〈度新聲〉)

麝薰微度繡芙蓉，翠衾重，畫堂空。(〈江城子〉)

這些詞句帶引讀者走入琳瑯滿目的華麗世界。而這綺麗世界正是由詞中穠麗的藻飾如：翠衾、玉指、金徽、珠閣、繒窗、翠幕、綵舟、金斗熨、翠釵、朱薨、碧樹、玉燕、古銅、觥船、朱闌……等排比組織而來。其中，顏色字如翠、朱、金、絳、銀……的使用，不僅造成強烈的視覺效果，更具體化了物性，而加深穠艷的氣氛。

麗藻除了造成強烈的視覺美感之外，它必須能烘托或配合情感，否則只是一堆雕金鏤玉、徒具美麗外殼的空架子而已，詞並不能因此而顯得出色，審視賀詞中麗藻與情感的關係，我們發現方回有時用麗藻來寫北宋穠艷社會風氣下所產生的坊曲情調，如：

〈掩蕭齋〉

落日逢迎朱雀街。共乘青舫度秦淮。笑拈飛絮肙金釵。
洞戶華燈歸別館，碧梧紅藥掩蕭齋。願隨明月入君懷。

〈偶相逢〉

綵山涌起翠樓空。簫鼓沸春風。桂娥喚回清畫，夾路寶芙
蓉。　　長步障，小紗籠。偶相逢。艷妝宜笑，隱語傳情，
半醉醒中。

這兩闋詞均以朱雀街、青舫、金釵、華燈、碧梧、紅藥、寶芙蓉、
桂娥……等盛麗的辭藻描摩坊曲女子旖旎的情態，辭稱乎情，充分
發揮語言塑造詞情的效果，也在麗藻中真實的反映了北宋繁華的社
會表象。

　　然而，華麗的背後並不完全是種歡愉的情感，更多的時候，方回
用麗藻以烘托突顯內在濃濃的愁緒，無美麗與哀愁互相抗衡對峙的矛
盾，造成一股強烈的張力，使悲情高漲至極。如「綵舟載得離愁動」，
綵舟所喚起的感覺是富麗繽紛的，但這樣一艘綵舟所要乘載的卻是深
嚙人心的離愁，令人更覺凄然。又如表達追求理想卻頻頻挫敗的感
受，方回卻用錦瑟、月橋、花院、瑣窗、朱戶等絕美的辭藻，使美麗
沾染上無限的悵然。「華堂重廈」予人一種熱鬧、美好的感覺，玉指
調鈿徽又是一幅絢麗耀眼的畫面，然而華堂重廈卻是別離的場景；玉
指鈿徽所彈奏的並不是歡樂的曲調，而是割捨不去新怨舊愁。「斷腸
新句，粉碧羅牋，封淚寄與」寫長年飄蕩的悒悒悲懷，這斷腸的心事
卻要用粉碧羅牋抒寫，與「賦春恨，彩牋雙幅」（〈夜游宮〉）一樣，
都是藉彩筆羅牋反襯出內心深邃的苦悶。「燈火虹橋」與「難尋弄波
微步」並列，也予人孤獨、寂寞的感受。又碧樹、朱甍、鶯聲所組合
成的氣氛是亮眼而充滿生氣的，但卻謂「殘醺殘夢猶相惱」，在美景
與殘夢交織成的矛盾中，使人感覺到隱藏於其間的悲哀。由這些例子
可見方回詞中大部分的麗藻只不過是一個不實的表象而已，其內在所
蘊涵的毋寧說是更深層的悲凄與傷感。這種以美麗渲染哀愁的特質，

觀照全闋詞尤其明顯：

〈江南曲〉

蟬韻清絃，溪橫翠縠。翩翩彩鶂帆開幅。黃簾絳幕掩香風，
當筵粲粲人如玉。　　淺黛凝愁，明波轉矚。蘭情似怨臨
行促。不辭寸斷九回腸，殷勤更唱江南曲。

此詞寫令人斷腸銷魂的離情，而作者卻用清絃、翠縠、彩鶂、黃簾、
絳幕、粲粲如玉……等華麗的字眼極力描摩外在的景物及粲麗的美
人，益顯其內心割捨不去的憂思。又如：

〈菱花怨〉

疊鼓嘲喧，綵旗揮霍，蘋汀薄晚，蘭舟催解。別浦潮平，
小山雲斷，十幅蒲帆風快。回想牽衣，愁掩啼妝，一襟香
在。紈扇驚秋，菱花怨晚，誰共蛾黛。　　何處玉尊，空
對松陵，正美鱸魚蓴菜。露洗涼蟾，瀲吞平野，三萬頃，
非塵界。覽勝情無奈。恨難招，越人同載。會憑紫燕西飛，
更約黃鸝相待。

整闋詞表面盡是綵旗、蘭舟、紈扇、菱花、蛾黛、玉尊、紫燕等繽紛
粲麗的辭藻，而所要表達的卻是一份繭困於人間情愛而無以自拔的凄
苦不捨與孤獨無奈之感。

方回這種將憂傷與美麗結合，企圖於麗藻中蘊藉愁苦的表達方
法，使詞在矛盾的張力下，達到了突顯悲凄情愫的效果。這種方法必
情眞者方能企及，否則徒予人辭勝於情，華而無實的空虛感，而無法
引起人的共鳴。

綜觀以上的探討，方回所用的麗藻並無堆砌之弊，不論以之寫賞
心樂事，或悲凄憂鬱之情，都能運用妥貼，使麗藻充分發揮烘托、反
襯詞情的作用。

三、用　典

詩詞所使用的語言是最精約凝鍊的，如何在僅少的語言中，表現
深刻豐贍的內涵，則需要高度駕馭語言的能力。而用典是使語言更趨

精緻的一種高妙技巧，它不僅可以做為表現情況的一種經濟的手段，
更可以使讀者由這一典故的使用引起聯想，而擴大上下文的意義，並
導出附加的含意和喻意。〔註16〕然而要成功的用典則必得積學儲寶，
取裁簡約，務求精當，俾使合乎劉勰所提「綜學在博，取事貴約，校
練務精，捃理欲覈」（《文心雕龍》〈事類篇〉）的四項原則，才能使典
故發揮其最大的效用。否則「或微言美事，置於閑散，是綴金翠於足
脛，靚粉黛於胸臆」（仝上），只徒然炫耀自己的博學，而不能使它成
為整首詩意匠經營的一個有機部分。換言之，即達到方回對自己「用
事工者如己出」（《王直方詩話》）的要求。觀覽東山詞中用典的情形
有二，一為事典，一為以詩句入詞的文典，茲分別探討如下。

甲、事　典

如：

> 曾記窺宋三年，不問雲朝雨暮。（〈斷湘弦〉）

此係用宋玉〈高唐賦〉：「昔者先王嘗遊高唐，怠而晝寢，夢見一婦人
曰：『妾巫山之女也，為高唐之客，聞君遊高唐，願薦枕席』王因幸
之。去而辭曰：『妾在巫山之陽，高丘之阻，旦為朝雲，暮為行雨。』」
一事以言男女幽會。

> 便認得，琴心相許。（〈薄倖〉）

係用《史記》卷二七〈司馬相如傳〉：「卓王孫有女文君新寡，好音，
故……相如以琴挑之。」

> 歸來定解鷫鷞裘，換時應倍驊騮價。（〈暈眉山〉）

係用《西京雜記》：「司馬相如初與卓文君還成都，居貧愁懣，以所著
鷫鷞裘就市人陽昌貰酒，與文君為歡。」

> 阿嬌餘韻。（〈問歌鬟〉）

係用漢武故事：「膠東王數歲，公主抱置膝上問曰：『兒欲得婦
否？』……指其女阿嬌好否？笑對曰：『好，若得阿嬌作婦，當作金

屋貯之。』」

　　　認情通色授纏縣處。(〈綺筵張〉)

係用《史記‧司馬相如傳》:「色受魂與,心愉於側。」

　　　化石山頭婦。(〈陌上郎〉)

係用《幽明錄》:「武昌北山有望夫石,狀若人立,故〈古傳〉云:『昔有貞婦,其夫從役遠赴國難,餞送此山,立望夫而化爲石,因名焉。』」

　　　記歌名宛轉,鄉號溫柔。(〈望揚州〉)

分用二事,前者用《續齊諧記》曰:「晉王敬伯過吳,維舟中諸,登亭望月,悵然有懷,乃依琴歌泫露之詩,俄聞戶外有嗟賞聲,見一女郎謂敬伯曰:『悅君之琴,願共撫之。』乃命大婢酌酒,小婢彈箜篌,作宛轉歌,女郎脫頭上金釵扣琴絃而歌之,意韻繁諧,歌凡八曲,其歌曰:『歌宛轉,宛轉淒以哀,願爲星與漢,光影共徘徊。』」,後者用〈飛燕外傳〉:「(后)進合德,帝大悅,以輔屬體,無所不靡,謂爲溫柔鄉。謂嬺曰:『吾老是鄉矣,不能效武皇帝求白雲鄉也。』」

　　　縱得鸞膠難寸接。(〈木蘭花〉)

係用〈漢武帝外傳〉:「西海獻鸞膠,帝弦斷,以膠續之,弦二頭遂相著,終日射,不斷,帝大悅。」

　　　玉絲調管,時誤新聲,翻試周郎。(〈試周郎〉)

係用《三國志吳志》卷五四〈周瑜傳〉:「瑜少精意於音樂,雖三爵之後,其有闕誤,瑜必知之,知之必顧,故時人謠曰:『曲有誤、周郎顧。』」

　　　不學壽陽窺曉鏡,何煩京兆畫新眉。(〈最多宜〉)

係用《漢書》卷七六〈張敞傳〉:「(敞)爲婦畫眉,長安中傳張京兆眉憮,有司以奏敞,上問之,對曰:『臣聞閨房之內,夫婦之私,有過於畫眉者。』……」

　　　便壽陽妝,工夫費盡,豔姿終別。(〈梅香慢〉)

係用《翰苑新書》:「宋武帝女壽陽公主,人日臥於含章殿簾下,梅花落於額上,成五出花,拂之不去,號梅花妝。」

　　　鳳城遠、楚梅香嫩,先寄一枝春。(〈綠頭鴨〉)

係用《荊州記》：「宋陸凱與范曄相善，自江南寄梅花一枝，並贈詩曰：
『折梅逢驛使，寄與隴頭人，江南無所有，聊寄一枝春。』」

　　由以上這些用典，可看出方回所用的典故，皆一般耳熟能詳、不
冷僻深澀的熟典，這些多是與男女情愛、女子閨思息息相關而不甚典
重的故實。此種用典現象顯然與其內容猶不脫歌臺舞榭之事密切悠
關。但由這些例子看來，方回卻能用「認」、「縱得」、「便」、「曾記」、
「不學」等字，在無形中把典故化成自己語言的一部分，確使文字達
到更精約簡練的效果，因而我們不能以內容的莊重與否為觀點來否定
方回使用這一類典故的意義。茲就整闋詞為例，再觀察方回處理此類
典故的高妙處：如：

〈鴛鴦語〉

　　京江抵海邊吳楚。鐵甕城，形勝無今古。北固陵高，西津
　　橫渡。幾人攜手分襟處。　　凄涼淥水橋南路。奈玉壺，
　　難叩鴛鴦語。行雨行雲，非花非霧。為誰來為誰還去。

此詞「奈玉壺，難叩鴛鴦語」翻用《玉壺記》中，先穎、柳實而受贈
一求之無不可得的信物——玉壺之典故，〔註17〕「行雨行雲」用宋玉
〈高唐賦〉之典，含蓄婉轉的將原典融化無痕而寫出一份令人悵然而
永難獲圓滿貞定的情感。

　　此外，方回仍有許多典故是較典重而適於表達個人對身世際遇、
歷史……等種種感覺，如：

　　回首五湖乘興地，負心期。(〈負心期〉)

係用《晉書》卷八十〈王徽之傳〉：「(徽之)居山陰，夜雪初霽，月
色清朗……忽憶戴逵。逵時在剡，便乘小船詣之，經宿方至，造門不
前而反，人問其故，徽之曰：『本乘興而行，興盡而反，何必見安道
耶！』」方回反用此典，寫知交零落、訪友不遇的悲哀。

〔註17〕《玉壺記》：「元和初，先肎、柳實二子遇南溟夫人，夫人贈以玉壺
　　　　一枚，高尺餘。題詩曰：『來從一葉舟中來，去向百花橋上去。若到
　　　　人間叩玉壺，鴛鴦自解分明語。』」意謂歸返人間後，二子凡有所求，
　　　　只須叩玉壺，即可如願。

　　季鷹久負鱸魚興。(〈羅敷歌〉)

係用《晉書》卷九二〈張翰傳〉:「因見秋風起,乃思吳中菰菜、蓴羹、鱸魚膾,曰:『人生適志,何能羈宦數千里,以要名爵乎?』乃命駕而歸。」寫參透紅塵而欲歸隱山水家園的心願。

　　想見徘徊華表下,箇身似是遼東鶴,訪舊游,人與物俱非,
　　空城郭。(〈念良游〉)

係用《搜神後記》卷一:「丁令威,本遼東之人,學道於靈虛山,後化鶴歸遼,集城南華表柱,時有少年舉躬欲射之,鶴乃飛,徘徊空中而言曰:『有鳥有鳥丁令威,去國千年今始歸,城郭如故人民非,何不學仙冢纍纍。』遂高上冲天。」寫人生如夢的無奈,也寄寓自己宦遊失意,流落他鄉多年的身世感懷。

　　縛虎手,懸河口。(〈行路難〉)

係用兩事,一為《後漢書》卷七五〈呂布傳〉:「布降操,顧謂劉備曰:『玄德,卿為座上客,我為降虜,繩縛我急,獨不可一言耶?』操笑曰:『縛虎不得不急。』乃命緩布縛。」一為《晉書》卷五十〈郭象傳〉:「聽象語,如懸河瀉水,注而不竭。」全詞借此兩典寫自己徒有曹操縛虎之才,郭象懸河之口的超穎才幹,卻不為所用。這些例子可明顯的看出方回已能將過去的故實與自身的情思渾融為一,在短短的幾個字裏,成功的傳達複雜的情感。茲再舉全詞為例,以更進一步考察方回詞中用典的情形。如:

〈漁家傲〉
　　莫厭香醪斟繡履。吐茵也是風流事。今夜夜寒愁不睡。披
　　衣起。挑燈開卷花生紙。　　倩問尊前桃與李。重來若個
　　猶相記。前度劉郎應老矣。行樂地。兔葵燕麥春風裏。

這首詞於下片五句,完全用劉禹錫重遊故地而景物面目全非的故事。
[註18]不僅道出了方回對生命如夢似幻,滄海頓時可變桑田的深刻感

[註18] 劉禹錫元和十年自朗州召至京,有戲贈看花君子云:「紫陌紅塵拂面
　　　來,無人不道看花回,玄都觀裏桃千樹,盡是劉郎去後栽。」及再
　　　遊玄都觀絕句并序云:「予貞元二十一年為屯田郎,此觀未有花,是

悟，更隱約中傳達了長年飄泊羈旅，時時作客他鄉的黯然，典故融化
得極能貼切詞情。

又如：

〈凌歊〉

控滄江。排青嶂，燕臺涼。駐綵仗，樂未渠央。巖花礙蔓，
妒千門，珠翠倚新妝。舞閒歌悄，恨風流不管餘香。　　繁
華夢，驚俄頃，佳麗地，指蒼茫。寄一笑何與興亡。量船
載酒，賴使君，相對兩胡牀。緩調清管，更爲儂三弄斜陽。

此詞寫登覽古蹟之感。上片寫此地地勢的雄潤壯偉，並想像曾有過的
繁華盛況。下片用了兩個典故，「寄一笑何與興亡」一句，用周幽王
舉烽火以博褒姒一笑而亡國的故實，認爲歷史的興衰乃自然之理，那
裏只是因爲褒姒的一笑，周室才滅亡呢？方回翻用此典，表達了深悟
人事興衰的透達。「賴使君，相對兩胡牀，緩調清管，更爲儂三弄斜
陽」則用桓伊因慕王徽之之名，而不惜以一介權貴，爲徽之吹笛之事，
〔註19〕一方面表達自己識盡歷史流程自然消逝之變化後，欲尋求一適
性境域的宕達情懷；一方面正如李之儀跋此詞時所謂：「方回又以一
時所寓，固已超然絕詣，獨無桓野王輩相與周旋，遂於卒章申其不得
自已者。」（《姑溪集》卷四十）乃借此典以暗喻內心盼望能獲一知友
如桓伊，賞識自己久被淹沒的才情。

由以上的探討可見，方回確已能婉轉無痕的運用事典，而導出文

歲出牧連州，貶郎州司馬，居十年召至京師，人人皆言道士手植仙
桃，滿觀如紅霞，遂有前篇以志一時之事。旋又出牧，今十四年復
爲主客郎中，重遊玄都，蕩然無復一樹，惟兔葵燕麥動搖春風耳，
因再題二十八字以俟後遊。時太和二年三月也。」詩云：「百畝庭中
半是苔，桃花淨盡菜花開，種桃道士知何處？前度劉郎今再來。」
〔註19〕《晉書》卷八一，〈桓伊傳〉：「（王徽之）泊舟青溪側。（伊）素不與
徽之相識。伊於岸上過，船中客稱伊小字曰：『此桓野王也。』徽之
便令人謂伊曰：『聞君善吹笛，試爲我一奏。』伊是時已貴顯，素聞
徽之名，便下車，踞胡牀，爲作三調，弄畢，便上車去，客主不交
一言。」

字背後更深邃的含意，使詞意更加深曲，符合了用典的目的，而絕非誇示博學的裝飾而已。張炎曰：「詞用事最難，更體認著題；融化不澀。」〔註20〕證諸方回，差可近矣！

乙、文　典

王銍默記：「賀方回遍讀唐人遺集，取其意以為詩詞。」是以方回善於引用前人詩句入詞，其以詩句入詞的方法有二：一為直用，即迻以原句或就原句稍加點染而入詞者。一為化用，即融化原句、檃括其句或翻用其意以入詞者。茲分別探討如下：

（一）直　用

同來何事不同歸（〈半死桐〉）──杜牧〈裴坦判官〉詩：「同來不得同歸去。」

去年今日東門東，鮮妝輝映桃花紅（〈憶秦娥〉）──崔護〈題都城南莊〉詩：「去年今日此門中，人面桃花相映紅。」

疏雨池塘見，微風襟袖知（〈囀黃鸝〉）──杜牧〈秋思〉詩：「微雨池塘見，好風襟袖知、」

陰陰夏木囀黃鸝，何處飛來白鷺，立移時（〈囀黃鸝〉）──王維〈積雨輞川莊〉詩：「漠漠水田飛白鷺，陰陰夏木囀黃鸝。」

歸雲何許誤心期（〈醉春風〉）──張喬〈寄山僧〉詩：「白雲那得有心期。」

鴛鴦俱是白頭時（〈惜餘春〉）──李商隱〈代贈〉詩：「鴛鴦可羨俱白頭。」

尊前為舞鬱金裙（〈花幕暗〉）──李義山〈牡丹〉詩：「折腰爭舞鬱金裙。」

久背面，鞦韆下（〈辨絃聲〉）──李義山〈無題〉詩：「背面鞦韆下。」

〔註20〕同註4，頁210。

　　　梅子黃時雨（〈青玉案〉）──寇準詩：「梅子黃時雨如霧。」
〔註21〕

以上各例都是襲用前人詩句而略加點染增減者。另外又有全句皆用前
人成句者，如：

　　　雲想衣裳花想容（〈花想容〉）──出李白〈清平調〉。

　　　記得綠羅裙，處處憐芳草（〈綠羅裙〉）──出牛希濟〈生
查子〉詞。

　　　衰蘭送客咸陽道，天若有情天亦老（〈行路難〉）──出李
賀〈金銅仙人辭漢歌〉。

　　　十年一覺揚州夢（〈忍淚吟〉）──出杜牧〈遣懷〉。

　　　詩人歸落雁後，思發在花前（〈雁後歸〉）──出薛道衡〈人
思歸〉詩。

　　　芭蕉不展丁香結（〈石州引〉）──出李商隱〈代贈〉詩。

這些例子，雖然皆用前人成句，但方回卻能妥貼無痕的銷融己意於其
中，使此句產生異乎前人的妙處，茲舉〈雁後歸〉一首爲例，以見方
回如何使這些成句，在巧妙的運作中，發揮最大的效果：

　　　巧翦合歡羅勝子，釵頭春意翩翩。艷歌淺拜笑嫣然。願郎
宜此酒，行樂駐華年。　　未是文園多病客，幽襟淒斷堪
憐。舊游夢掛碧雲邊。人歸落雁後，思發在花前。

薛氏原詩：「入春纔七日，離家已二年，人歸落雁後，思發在花前。」
以「人歸」二句寫思歸不得的淒然。而方回此詞則寫一個盛宴過後，
回想自己此身孑然的落寞之感。全詞上半闋極力鋪寫當筵女子溫柔多
情的爲他敬酒高歌，彷彿人間勝境。下半闋則寫席散後各自飄零，恍
悟人生聚散無恆常，情緒激宕至極，末二句剛好順著這股高昂騰盪的

〔註21〕沈雄《古今詞話》卷下引宋〈潘子眞語〉曰：「潘子眞云：『杜鵑啼
處血成花，梅子黃時雨如霧，此寇萊公詩也，人但知梅子黃時雨爲
賀方回句。』」（詞話叢編頁759）故歷來以方回〈青玉案〉「梅子
黃時雨」句典出寇準詩，然考寇準忠愍詩集上、中、下卷，並無此
二句，竊疑此詩或已不傳於世矣。

悲情，「渾成脫化如出諸己」〔註22〕的用了薛氏二句，適切的表達了心中的落寞感，一方面也暗點出羈留天涯，思歸不得的鄉愁。

張文潛曰：「方回大抵倚聲而為之詞，皆可歌也。」〔註23〕由於他這種精於音律的才能，有時為了使前人之詩能達到傳唱的效果，他甚至全首用前人詩句，只稍稍加上幾句泛聲而已，如：

　　替人愁

　　　風緊雲輕欲變秋。雨初收。江城水路漫悠悠。帶汀洲。　　正
　　　是客心孤廻處，轉歸舟。誰家紅袖倚津樓。替人愁。

全首用杜牧〈南陵道〉中詩：「南陵水面漫悠悠，風緊雲輕欲變秋，正是客心孤廻處，誰家紅袖憑津樓。」而另加四句三言句的泛聲組成。東山詞中類此者另有〈晚雲高〉、〈釣船歸〉兩首。

方回不僅檃括唐人全首詩，有時甚至友人所作之詞句，他也為之稍加修改而倚聲譜曲，如〈謁金門〉：

　　　楊花落。燕子橫穿朱閣。常恨春醪如水薄。閒愁無處著。
　　　綠野帶江山絡角。桃葉參差前約。歷歷短檣沙外泊。東風
　　　晚來惡。

此詞自序曰：「李黃門夢得一曲，前編二十二言，而無其聲，余采其前編潤一橫字，己續二十五字寫之云。」可明顯的看出方回整首詞之所以襲用他人部份詞句，主要仍是基於詞能合樂、為人詠唱的音樂目的，若因此而謂其剽掠，則大謬不然矣。張德瀛曰：「賀方回長於度曲，掇拾人所棄遺，少加檃括，皆為新奇。」〔註24〕乃深中其的之論。

　　（二）化　用

　　如：

　　　頭白鴛鴦失伴飛（〈半死桐〉）──李商隱〈代贈〉詩：「鴛
　　　鴦可羨俱頭白，飛去飛來煙雨秋。」

〔註22〕沈祥龍，《論詞隨筆》，詞話叢編本頁 4071。
〔註23〕張文潛，《張右史集》卷五一，〈賀方回樂府序〉。
〔註24〕張德瀛，《詞微》卷一，詞話叢編本頁 4083。

非花非霧，爲誰來爲誰還去（〈鴛鴦語〉）——白居易〈花非花〉詩：「花非花，霧非霧，夜半來，天明去。」

鴉背夕陽山映斷（〈想娉婷〉）——溫庭筠〈春日野行〉詩：「鴉背夕陽多。」

以上數例乃化用其語而別出新意，文字顯得更爲典麗。至如：

無端卻似堂前燕，飛入尋常百姓家（〈第一花〉）——劉禹錫〈烏衣巷〉詩：「舊時王謝堂前燕，飛入尋常百姓家。」

舊時王謝，堂前雙燕過誰家（〈臺城柳〉）——劉禹錫〈烏衣巷〉詩：「舊時王謝堂前燕，飛入尋常百姓家。」

捲簾紅袖莫相招（〈浪淘沙〉）——韋莊〈菩薩蠻〉詞：「滿樓紅袖招。」

則是化用其語，翻用其意。又如：

當年不肯嫁東風，無端卻被秋風誤（〈芳心苦〉）——上句化韓偓〈寄恨〉詩：「蓮花不肯嫁春風」，下句化韓愈〈落花〉詩：「無端又被春風誤」。

佳期學取弄潮兒，人縱無情潮有信（〈木蘭花〉）——李益〈江南曲〉：「早知潮有信，嫁與弄潮兒。」

傷心兩岸官楊柳，已帶斜陽又帶蟬（〈鷓鴣天〉）——李商隱〈柳〉詩：「如何肯到清秋日，已帶斜陽又帶蟬。」

此是化用其語，而意義更豐富曲折者。至如：

江南渭北三千里（〈惜餘春〉）——杜甫〈社日〉詩：「今日江南老，它時渭北童。」

錦瑟年華誰與度（〈青玉案〉）——李商隱〈錦瑟〉詩：「錦瑟無端五十絃，一絃一柱思華年。」

落花中酒寂寥天（〈浣溪沙〉）——杜牧〈睦州〉詩：「殘春杜陵客，中酒落花前。」

則爲隱括原句而更形凝鍊者，又如：

算蓬山，未抵屏山遠（〈月先圓〉）——李商隱〈無題〉詩：「劉郎已恨蓬山遠，更逢蓬山一萬重。」

野色分禾黍，秋聲入管絃（〈宴齊雲〉）——白居易〈冀城北原作〉詩：「野色何莽蒼，秋聲亦蕭疎。」

驚外紅綃一縷霞（〈浣溪沙〉）——王子安〈滕王閣集序〉：「落霞與孤鶩齊飛。」

則是借用其意而另鑄新詞者。

由以上所舉的例子，可見方回融詩入詞的造詣。而更有甚者，方回櫽括全詩的詩意入詞：如：

菩薩蠻

章臺游冶金龜婿，歸來猶帶醺醺醉，花漏怯春宵，雲屏無限嬌。　　絳紗燈影背，玉枕釵聲碎，不待宿醒銷，馬嘶催早朝。

此詞爲閨怨之作，全首鋪衍李商隱〈爲有〉詩：

爲有雲屏無限嬌，鳳城寒怯怕春宵，無端嫁得金龜婿，辜負香衾事早朝。

兩相比較，賀詞上片四句及下片前二句化用李詩前二句而來，字面亦隨之，唯將「鳳城寒怯怕春宵」一句改成「花漏怯春宵」，「爲有雲屏無限嬌」一句除仍因襲外，又衍化成「絳紗燈影背，玉枕釵聲碎」的客觀景物呈現，顯得更爲婉轉深曲。下片末二句用李詩後兩句，李詩刻意用「無端」、「辜負」等主觀性的字眼，強烈而直接的表達了女子心中空守深閨的無奈與怨懟，而方回則改以客觀的事件呈現而謂「不待宿醒銷，馬嘶催早朝」，使少婦的悲思隨事件的發展，自然傾瀉而出。是以就全詩（詞）而言，李詩顯得較直接而不夠含蓄，賀詞則極深婉之至。由是觀之，方回以詩入詞的功力可謂昭然矣！

章學誠曰：「修辭不忌夫暫假，而貴有載辭之志識，與己力之能勝而已矣！」（《文史通義》內篇說林）觀夫方回以詩入詞的用典情形，可見其確實有能力驅遣文辭、點鐵成金，使詞爲己所役，而不役於詞，不論是直用或化用，大抵皆能使原句渾融如己出。即使全首櫽括詩句或詩意，也都是爲音樂上的因素，或在技巧上有優於前人之處，絕非

故意誇示才學或蹈襲成句，是以其用典的技巧是相當成功的。

第二節　韻律節奏

節奏是宇宙自然現象的原則，它是由同異相承續、相錯綜而來，舉凡雌雄匹耦、風波起伏、山川交錯……，都有一個節奏的道理存在。〔註25〕詩也有節奏，詩的節奏就是詩的呼吸，〔註26〕在一呼一吸之間造成一首和諧的詩。而具體表現節奏則有賴韻律，詩的音樂性就靠詩的韻律來傳達。

《禮記》〈樂記〉曰：「樂者，音之所由生也，其本在人心之感於物也。是故其哀心感者，其聲噍以殺；其樂心感者，其聲嘽以緩；以喜心感者，其聲發以散；其怒心感者，其聲粗以厲；其敬心感者，其聲直以廉；其愛心感者，其聲和以柔。六者非性也，感於物而後動。」意指人的聲音是隨情感的喜怒哀樂而變化，詩的情感與詩的節奏之間的關係，亦可作如是觀。惟由聲音過渡到詩的韻律仍有距離，因為有喜怒哀樂的情緒，不一定就能在詩中表現出可相配合的節奏，是以詩的韻律節奏仍需靠詩人的精心營造而成。故艾略特認為一個詩人要達到詩中的音、義、聲、情皆能合諧而統一，就要致力發展對文字的「聽覺的想像力」：

> 「聽覺想像力」是指對音節和節奏的感覺，深深地穿透到思想和情感意識層底下，賦予每一個字以生氣；深入最原始以及最被遺忘的地方，再歸返本源而帶回來某種東西，探尋著事物的起始和終了。〔註27〕

艾氏這段話，不僅是其所主張的詩的意義與音義之不可分性〔註28〕的補充，更獨到的以為韻律節奏可使文字背後的情緒與意義被準確的喚

〔註25〕朱光潛，《詩論》〈詩與樂——節奏〉，一文，頁111。
〔註26〕余光中，《掌上雨》，頁41，〈現代詩的節奏〉一文。
〔註27〕艾略特，《詩的效用與批評的效用》，杜國清譯，頁137。
〔註28〕參考艾略特《文學評論選集》，〈詩的音樂性〉一文。頁79。

起，使隱藏在意識下的事象提升至表面，而背後馱負語言的整個重量，把詩中韻律節奏的效用，作了極深刻精當的詮釋。

　　基於詩的韻律節奏（即音樂性）對詩的意義有如此重大的作用，而詞乃中國音樂由五音制爲主，變爲七音制爲主的大轉變下之產物，是配合燕樂而編的詞句，〔註29〕它的音樂性比詩更花稍而富變化。故爲更深一層體察方回詞中所欲傳達的情、思，以下將依詞調、用韻、平仄、句式、領調字等構成詞的韻律節奏之要素，分析如下。

一、詞 牌

　　賀方回之「東山詞」，又名「東山寓聲樂府」，「寓聲」二字意謂以舊調譜塡新詞，並擇取詞中的三、四字作爲此詞的題名。茲將東山詞中，方回所用寓聲的調名與原詞牌名，列表對照如下：

詞　調　名	寓　聲　新　調　名
七娘子	鴛鴦語
小重山	璧月堂、暈玉軒
迎春樂	辨絃聲、攀鞍態、舞迎春
鷓鴣天	半死桐、翦朝霞、千葉蓮、第一花、思越人
武陵春	花想容
搗練子	夜搗衣、杵聲齊、夜如年、翦征袍、望書歸
南歌子	囀黃鸝、宴齊雲、南柯子
一落索	窗下繡、玉蓮環
太平時	艷聲歌、喚春愁、花幕暗、晚雲高、釣船歸、愛孤雲、替人愁、夢江南
生查子	愁風月、綠羅裙、陌上郎
定風波	捲春空
蝶戀花	西笑吟、江如練、鳳棲梧、桃源行
玉樓春（木蘭花）	呈纖手、續漁歌、東鄰妙、夢相親、木蘭花、歸風便
踏莎行	惜餘春、題醉袖、芳心苦、平陽興、暈眉山

〔註29〕參考鄭師因百上課筆記及梅應運〈詞調與大曲〉。

攤破浣溪沙	負心期、
浣溪沙	醉中眞、頻載酒、掩蕭齋、換追風、最多宜、錦纏頭、楊柳陌
小梅花	將進酒、行路難
訴衷情	畫樓空、偶相逢、步花間、試周郎
采桑子	醉夢迷、忍淚吟、伴登臨、羅敷歌
金人捧玉露	凌歊、天寗樂
越江吟	秋風歎
萬年歡	斷湘絃
憶秦娥	子夜歌
更漏子	獨倚樓、翻翠袖、付金釵、夜夜同
尉遲杯	東吳樂
水調歌頭	臺城柳
沁園春	念離羣
六么令	宛溪柳
滿江紅	傷春曲
青玉案	橫塘路
感皇恩	人南度
天香	伴雲來、樓下柳
聲聲慢	鳳求凰、寒松歎
好女兒	國門東、九回腸、月光圓、綺筵張、畫眉郎
菩薩蠻	城裏鐘
清商怨	東陽歎、要銷凝、爾汝歌、望西飛
兀令	想車音
瑞鷓鴣（鷓鴣詞）	吹柳絮
破陣子	醉瓊枝
驀山溪	弄珠英
漁家傲	吳門柳、游仙詠、荊溪詠
如夢令	憶仙姿
相思引	琴調相思引
雨中花慢	問歌颦
夜遊宮	念彩雲、新念別

臨江仙	雁後歸、想娉婷、採蓮回、鴛鴦夢
多麗	綠頭鴨
惜分飛	惜雙隻
中宮醜奴兒	苗而秀
滿庭芳	瀟湘雨

　　以現代的觀點看來，明明是依舊調填詞，卻又改變原有詞調的名目，似乎無多大意義，後人亦少有依循；〔註30〕且詞本倚聲而作，則詞中所表之情必與曲中所表之情相應，實無另立一名的必要。然而近人龍沐勛卻獨察方回寓聲的深意說：

　　　　一種曲調，雖各有其一定之節拍，至為美聽，而以一種相
　　　　當之曲調，表現各種不同之情感，必不能吻合無間，故寧
　　　　更立新名，或有歌者取而各別製曲調；即或不能，亦不失
　　　　其為長短句詩之價值。〔註31〕

龍氏以富新意的觀點來重新詮釋「寓聲」之義，確乎彰顯了方回企圖賦予詞如詩一樣，有新風貌、新意境的創作精神。是以「寓聲」可說是方回在詞體音樂上的一項創新。

　　在賀方回的二百八十七闋詞中，共用了九十七個詞牌，詞牌與詞數的比例為一比三，平均一個詞牌創作三闋。〈賀鑄傳〉謂其「尤長於度曲」，可知其精通樂律，在音樂上有高深之造詣，因此他創造了許多詞調，而其創製的詞牌數量，依筆者的統計，共有十八調，〔註32〕分別是：兀令、薄倖、玉京秋、蕙清風、海月謠、菱花怨、定情曲、擁鼻吟、攤破木蘭花、怨三三、獻金杯、望湘人、天門謠、馬家春慢、梅香慢、簇水近、石州引、菱花怨。

　　詞人選用的詞調，必與內容相配合，才能達到聲情合一的妙境，

〔註30〕南宋詞人張緝之詞集《東澤綺語債》，即仿方回寓聲之作法。
〔註31〕詞學季刊三卷三號，龍沐勛，〈論賀方回質胡適之先生〉。
〔註32〕筆者參照《詞律》、《詞範》、《詞譜》三書，去其重複，統計而得十
　　　　八調。這十八調包括《詞譜》、《詞範》所謂「調見東山樂府，此調
　　　　無它首可校」，「此調始見東山樂府」的八調，以及三書均未收錄，
　　　　但考宋詞僅有一首的調，共計十八調。

是以吳梅論擇調之要時曰：

> 凡題意寬大，宜抒寫胸襟者，當用長調……，若題意纖仄，
> 模山範水者，當用小令或中調，惟境有悲歡，詞亦有哀樂，
> 大抵商調南宮諸詞皆近悲怨，正宮高宮之調，皆宜雄大。
> 越調冷雋，小石風流，視題旨之若何，以爲擇調之張本、（吳
> 梅《詞學通論》頁 42）

而大致說來，六州歌頭、水龍吟、念怒嬌、賀新郎、摸魚兒、哨徧等調，揮灑縱橫，不宜婉約側艷之作；雨霖鈴、尉遲杯、還京樂、六醜、大酺……等，則沉冥凝咽，不宜豪放雄肆之作。由於調子本身的音樂性強烈影響所欲表達的情感，因而自然形成婉約派詞人所選用的詞調與豪放派詞人所用的詞調，多不相乖舛。試看柳永、周邦彥、姜夔、吳文英諸人所用的詞調，與蘇軾、張孝祥、辛棄疾、劉克莊諸人所用詞調，大半不同，即可印證。〔註33〕爲觀照方回所用詞牌的特色，筆者將方回所用的詞牌與婉約派的周秦，豪放派的蘇辛相較，發現方回最常用的詞牌如：浣溪沙（二十六首），菩薩蠻（十二首），踏莎行（十一首），蝶戀花（九首），南歌子（六首），均不脫秦觀、周邦彥的範圍。但卻又有一個很特別的現象就是：方回竟也使用了豪放派詞人才常用的詞牌，分別是六州歌頭（一首），水調歌頭（二首），破陣子（一首），江城子（一首），漁家傲（四首），滿江紅（二首），凌歠（一首），以及其自度曲蕙清風、天門謠，雖然這些詞在方回東山樂府中所佔的比例甚微，但確實是一個很特別的現象。尤其如「音調悲壯，又以古興亡事實文之，聞其歌，使人慷慨激昂，良不與艷詞同科。」（程大昌〈演繁露〉）的六州歌頭及水調歌頭，音調鏗鏘雄偉，是典型的豪放派詞牌，方回也能將它們拿來寓際遇之歡，寄歷史之慨（參見第二章），可見他已能充分運用詞牌本身不同的音樂效果，而配合各種情思的展現，達到聲情合一的理想。

綜合以上的探討，方回不僅在詞牌命名、創調上有特殊處，在選

〔註33〕鄭師因百，《景午叢編》上編，頁 105。

調上也能隨著情緒的澎湃激烈或溫婉柔和，作不同的取擇，其於詞的寫作上之深具創造精神可見。

二、平 仄

平仄是詩詞韻律抑揚頓挫之所繫，若不講平仄，於宜平之處易以仄，宜仄之處易以平，則「非特不協於歌喉，抑且不成句讀」。〔註34〕平仄可分成「平」、「上」、「去」、「入」四聲，平聲不升不降，上聲先抑後揚，去聲由高而低，入聲短促急藏，由平仄聲調的運用配合，才可產生靈動富變化的音樂節奏。

唐五代詞不僅平仄不甚謹守，亦且不拘四聲，至晚唐溫庭筠始分平仄。〔註35〕北宋初期，寬入聲而嚴去聲，凡音律上當用去者，絕不假以「上」、「入」。爾後，柳永製腔造譜，更進一步區分四聲，嚴分上去之辨，究明四聲，〔註36〕而四聲之法乃因告成立。至萬紅友曰：

> 平止一途，仄兼上去入三種，不可遇仄而以三聲概填，……
> 夫一調有一調之風度聲響，若上去互易，則調不振起，便
> 成落腔。……上聲舒徐和軟，其腔低，去聲激厲勁遠，其
> 腔高，相配用之，方能抑揚有致，大抵兩上兩去，在所當
> 避，……論聲雖以一平對三仄，論歌則當以去對平上入也，
> 當用去者，非去則激不起……（《詞律發凡》頁6～7）

不僅嚴分平仄四聲，更將上去之辨益以學理及經驗，區分入微可謂深造有得之論，而平仄之大要可得矣。據此原則，筆者將試著去探討東山詞中平仄配合的情形。

甲、全首以律句配合而成者。即以兩平兩仄相間者，這種情形在唐、五代詞較多，宋詞則多律拗相配。東山詞中此類亦不多見。如：

〔註34〕吳梅，《詞學通論》，第二章〈論平仄四聲〉，頁12。
〔註35〕近人夏承燾以為詞自飛卿始注意分辨平仄，見其所著〈唐宋詞字聲之演變〉一文，收入《唐宋詞論叢》一書，頁53～55。
〔註36〕同上註，頁58～66。

〈伴登臨〉

－　－　｜　｜　－　－　｜　　｜　｜　－　－　　－　｜　－　－　　｜　｜　－　－　　－　｜

中吳茂苑繁華地，冠蓋如林。桃李成陰。若個芳心。眞個

｜　－　－　　　　－　－　｜　｜　－　－　｜　　｜　｜　－　－　　｜　｜　－　－　　－

會琴心。　　　高秋霽色清於水，月榭風襟。且伴登臨。留

｜　－　－　　－　｜　｜　－　－

予他年，尊酒話而今。

此詞是由每句皆平仄兩兩相對的律句所組成的諧調。整闋詞寫與友人共同登臨古蹟之感。四言如「－｜－－」：上片的「桃李成陰」，下片的「留予他年」。平聲舒徐平緩，上聲先抑後揚，以上二句爲平上相配，和諧悅耳。又如「｜｜－－」下片之「且伴登臨」，「且伴」爲「上」「去」，去聲激厲勁遠，上聲徐舒和軟，一激一徐配合，抑揚有致，和諧平婉。又五、七言句的聲律重點在下三字，下三字的組合，若爲「平平仄」、「仄平平」、「仄仄平」、「平仄仄」則爲律句。而此詞如上片的「繁華地」、下片的「清於水」皆爲「平平仄」；上片的「會琴心」、下片的「話而今」皆爲「仄平平」，不論是「平平仄」或「仄平平」都是二平相連加一仄，音節上和順朗暢。整闋詞就在這些兩平相連的律句組合下，把登臨時平靜清爽的心情表達殆盡。

　　乙、全首以拗律句交互配合而成者。拗句即故意破壞平仄兩兩相對的組合。多半的宋詞屬此類，詞中的這類拗句是規定的，異於古風裏的拗句是隨意的。〔註37〕拗句能使詞在平穩中富變化性，使詞更具音樂性，而表達更曲折的情感。東山詞中大多數的聲調是拗律相參，其中最少夾有一句拗句，最多則達四、五句以上，茲舉例如下：

宛溪柳

｜　－　－　｜　　－　｜　｜　－　｜　　－　－　｜　｜　｜　　｜　｜　－　－　｜　　－

夢雲蕭散，簾捲畫堂曉。殘薰盡燭隱映，綺席金壺倒。塵

〔註37〕王力，《詩詞曲作法研究》，〈詞字的平仄〉一節，頁583。

｜一一｜｜　｜｜一一｜　一一一｜　一一｜｜　一｜一

送行鞭嫋嫋。醉拍長安道。波平天渺。蘭舟欲上，回首離

一｜一｜　　｜｜一一｜｜　｜｜一一｜　一｜一一一

愁滿芳草。　　已恨歸期不早。枉負狂年少。無奈風月多

一　｜｜一一｜　一｜一一｜　一｜一一｜　一一一一｜

情，此去應相笑。心記新聲縹緲。翻是相思調。明年春杪。

｜一一｜　一｜一一｜一｜

宛溪楊柳，依舊青青爲誰好。

「宛溪柳」此調即「六么令」，詞譜以柳永「淡煙殘照」爲正體，
方回此詞「雙調九十四字，前段九句六仄韻，後段九句七仄韻」，
則爲又一體。〔註38〕此詞抒寫傷離別怨的惆悵情，由於離情的動盪
激烈，因而若以平直和諧的律句鋪敍，則不能達到突出情感，使聲
情一致的效果，而拗律相參的多變組合，正足以傳達這份纏綿哀婉
之情。上片寫別時的情景。第二句「簾捲畫堂曉」首先以「平上去
平上」的拗句起韻，此句第五字應「平」卻拗成「上」，平聲是舒
徐和緩的，上聲則先抑後揚，去聲則先揚後抑，平上去相間，又以
上聲終，音調激切勁直中又哽咽不去，使單純的景物暗藏引起淒怨
情緒的作用。第三句「殘薰盡燭隱映」，又是一拗句，本句第六字
應平卻拗成「去」，造成此句兩平後連接四仄，四仄相連節奏爲「去
入上去」，無兩上兩去相連所造成的拗澀單調之弊，使此拗句極富
節奏感。連續兩個拗句連用，拗上加拗，造成情感的激厲淒苦，仄
聲字「曉」、「映」皆爲作者有意強化聲調以表達別離之時空的字眼。
上片末句「回首離愁滿芳草」是下三字「仄平仄」的七言拗句，聲
調上強化「草」字，將離愁的連綿不盡藉著聲調巧妙點化而出。下
片「無奈風月多情」爲第四字本應「平」卻拗成「入」的拗句，入

〔註38〕東山詞共使用九十七個詞牌，其中十六個詞調在欽定詞譜中列爲又
　　　一體。這十六個調的詞，或因少叶一韻、多叶一韻，或字數句法之
　　　變易，而和正體在韻叶、平仄上有不同，故別爲一體。

聲的短促急藏，把無奈之情蘊乎其中。第五、六句在平穩的聲律中流奏出一份縣縣不盡的相思情悰，末句「依舊青青爲誰好」爲第六字應「仄」卻拗爲「平」的拗句，拗字「誰」正反襯出人的多情。本詞以拗句起韻，又在拗句中結束，銷魂斷腸、依依難捨的離情，正好完全隨著聲調的變化而達到聲情之合一。無怪乎彊邨老人謂此詞「筆如轆轤」。〔註39〕

又如其〈念良游〉：

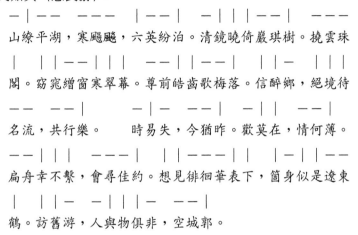

此詞寫滄海桑田，人事變幻之感。上片第二句「寒飆颸」爲連三平的拗句，由平聲的徐舒和軟，作者開始沉入了深深的過往回憶中。第四句「清鏡曉倚嚴琪樹」，此句第四字本平卻拗爲仄，平去上相間，聲調上率直中蘊愴然的悲淒。第六句又是一拗句，「窈窕繒窗塞翠幕」爲「上上平平上去入」，下三字連三仄的七言拗句，三仄的聲調乃上、去、入的排列，抑揚有致，寫盡了詞人無限沈醉依戀的心緒。下片詞人意識到今日的悲哀。「時易失」爲「平去平」，平聲本和緩而中夾一激厲勁遠的去聲，聲調的快速急轉，適切的表達了時間的迅速飛奔。第十句「人與物俱非」爲第四字本平卻拗爲仄的拗句，其刻意的換平爲仄，聲調上正強化「俱」字，寫出了無一人或物能倖免被時光冲蝕

〔註39〕朱祖謀，〈彊村老人詞評〉，載《詞學季刊》創刊號。

的悲哀。全詞押入聲韻，入聲字的激峭遒切，更使全詞充滿濃熾淒涼的氣氛。

此外，方回在詞中必須嚴守平仄處，也謹守不悖，如：

〈浣溪沙〉

　　鸚鵡無言理翠襟。杏花零落晝陰陰。畫橋流水半篙深。

　　　　芳徑與誰尋鬥草，繡牀終日罷拈針。小盞香管寫春心。

此調詞譜以韓偓「宿醉離愁慢髻鬟」一調為正體，上升的第三句之平仄必為「仄平平仄仄平平」。方回這闋詞上片的第三句「畫橋流水半篙深」之平仄完全合律，且於兩仄相連之處以「上」、「去」配合得極有抑揚之節。不惟這一首浣溪沙如此，翻檢方回詞另外二十五首浣溪沙之第三句，亦沒有一首之平仄異於韓體。又如〈太平時〉：

　　蜀錦塵香生轆羅。小婆娑。箇儂無賴動人多。是橫波。　　　樓

　　角雲開風捲幕，月侵河。纖纖持酒艷聲歌。奈情何。

此詞共有四個三字句，這些三字句在詞中為添聲，具有和聲的作用，詞譜謂其平仄必為「仄平平」，而觀此詞於這些重要的音節處「小婆娑」、「是橫波」、「月侵河」，「奈情何」之平仄俱為「仄平平」，使和聲之作用充分發揮而有餘韻嫋嫋之感，其另外七首亦無一首例外。諸如此類者比比皆是，而方回之守律嚴謹亦可證明。

由東山詞中平仄配合的情形看來：方回已在平仄上能嚴分上去入。上去的配合亦合乎兩上、兩去宜避的單調拗澀，並能嚴分入聲之辨。而其大量的使用拗句以配合律句，將情感的起伏，順著聲音節奏的曲折律動輕巧托出，也使詞的音樂性被適度的強調，更傳達出聲音背後所隱含的深邃意義。甚且于詞中音調的關節處也能謹守格律，由這種種現象，都顯示了方回對於詞的音律之講究。張文潛曰：「方回大抵倚聲而為之詞，皆可歌也。」〔註40〕實非虛言。

────────────────

〔註40〕張文潛，《張右史集》卷五一，〈賀方回樂府序〉。

三、用　韻

　　沈德潛《說詩晬語》曰：「詩中韻腳，如大廈之有柱石，此處不牢，傾折立見。」（卷下），極言韻腳對整首詩的重要性，可謂深得詩之三昧。蓋押韻的韻腳正如王師夢鷗所說：「能使人明瞭詩句的起迄以及章節的終點，在終點上反復其餘音以造成一唱『三歎』的情緒效果。」〔註41〕也就是它一方面可把易於散漫的音節藉著韻的迴聲收束、呼應與貫串，在節奏嚴密的音節間，使平仄音節形成更顯明的節奏小單位，點明全詩的頓挫起迄。一方面又可使感情達到反複迴旋抒發的效果。除了這兩個作用外，由於韻與文情關係至切，選作韻腳的字本身不同的特性，將使整首詩所欲表達的聲情迥然，而「詩人所想產生的影響，也全由這韻腳字醞釀出來。」〔註42〕換言之，韻對情感的表達也有著莫大的助益。

　　詞韻初無專書，詞中用韻往往較詩寬或與詩同，後人乃據詞中用韻歸納成詞韻專書，至清代始盛，有沈謙詞韻略、李漁詞韻，許昂霄詞韻考略……等，然多駁雜不全，有欠精審。戈順卿「取古人之名詞，參酌而審定之，盡去諸弊」（詞林正韻發凡）成《詞林正韻》一書。是書分平上去為十四部、入聲五部，共十九部，而詞韻始定。若依之考東山詞韻，發現方回最常使用第七部元、寒、桓、刪、山、先、仙、阮、緩、願、換諸韻目，及第三部支、脂、之、微、齊、灰、紙、旨、止諸韻目，第四部、一部、十二部、八部、二部、五部、六部、十六部次之，其他韻部則較少使用。以下筆者將依一首一韻的押韻正格及通韻、轉韻等用韻技巧，考察方回詞中用韻的情形。

　　一首一韻者即一首詞不論是平聲韻獨押、入聲韻獨押、上去韻通押，都在同一韻部內者。東山詞中，除十九首因字句不全，無法統計外，共押了一百三十二首平聲韻獨押，八十六首上去韻通押（亦包括上聲韻獨押、去聲韻獨押），以及二十首韻尾 p、t、k 不相混的入聲

〔註41〕王夢鷗，《文學概論》，頁86。
〔註42〕朱光潛，《詩論》，頁179，引法國詩論家 Baineville 之言。

韻獨押。這種押韻法雖在節奏變化上較缺少變化，但方回往往能掌握韻與聲情的關係，而巧妙的運用，使詞呈現出不同的情味。如：

〈步花間〉

> 憑陵殘醉步花間。風緯佩珊珊。躡青解紅人散，不耐日長閒。　纖手指，小金環。擁雲鬟。一聲水調，兩點春愁，先占眉山。

此詞寫相思的情懷。全首押第七部平聲寒、山、刪韻，此部之音色優美婉轉而具連緜不盡的餘韻，正適宜表達那份拂之不去、縈繞糾纏的相思之情。又如：

〈柳梢青〉

> 子歸啼血。可憐又是、春歸時節。滿院東風，海棠鋪繡。丁香露泣殘枝，梢未比、愁腸寸結。自是休文，多情多感，不干風月。

此詞全首押第十八部入聲薛、屑、月韻，以短促而激越深勁的入聲韻表達令人泣血的濃郁鄉愁。

以上二闋詞固然可以看出方回之善於選擇韻部以表現不同的情感，然而，正如此章前二節所述，詞牌的選擇、平仄四聲的配置，都是影響詞之聲情的因素之一，因而為了更進一步觀察方回用韻的特色，以下茲舉同一詞牌，卻用不同韻部的兩闋詞為例：

〈羅敷歌〉

> －－－｜－－｜　｜｜－－　－｜－－　｜｜－－｜｜－
> 河陽官罷文園病，觸緒蕭然。犀塵流連。喜見清蟾似舊圓。
>
> －－｜｜－－｜　｜｜－－　－｜－－　｜｜－－｜｜－
> 人生聚散浮雲似，回首明年。何處尊前。悵望星河共一天。

又

> －－｜｜－－｜　－｜－－　－｜－－　｜｜－－｜｜－
> 東南自古繁華地，歌吹揚州。十二青樓。最數秦娘第一流。
>
> ｜－｜｜－－｜　｜｜－－　｜｜－－　｜｜－－｜｜－
> 季鷹久負鱸魚興，不住分秋。已辦歸舟。伴我江湖作勝游。

以上二闋詞都是雙調四十四字，前後段各四句、三平韻的格式，二詞有五個字的平仄不合，但都是出現在平仄可以不論的一、三字，因而平仄聲調可說幾乎完全相同。然而二詞的聲情卻迴異，前者低迴感傷，後者高揚慷慨，這固然與內容用字的不同有關，但在詞調、平仄皆相同的節奏模式中，卻如此不同，則不得不說是與二詞的用韻有著密切的關係。前者押第七部平聲先、仙韻，後者押第十二部平聲尤、侯韻。先韻的擬音是 jæn，仙韻的擬音是 iɛn；尤韻的擬音是 ju，侯韻的擬音是 u。〔註43〕先、仙韻主要由兩個元音組成，而不論是 jæ 或是 iɛ，響度的升降都極明顯，因為 j 是高元音，響度小，而 æ、ɛ 均是低元音，響度大；尤、侯韻的元音 ju 或 u 則同是高元音，起伏一致。故先仙韻聽起來是迂迴的，適足以表達糾葛縈繞於心的那份人生聚散無常之憾，而尤侯韻聽起來則較直接，適足以表達對紅塵滄桑的了悟與欲歸隱江湖的宕達情懷。由這兩闋詞的用韻，正可以看出方回已能充分掌握押韻的效果，藉以烘染出內心的情感，而使聲情做到最密切的配合。

　　其次，再看東山詞中用韻的變化與情感轉折之間的關係：此乃轉韻，是詞中用韻的一大變化。蓋全用平韻或仄韻，將使整闋詞平板而無抑揚之致，轉韻則可使聲情更加曲折。轉韻法的使用，主要須配合詩內的情節氣氛，蓋氣氛有時寬平，有時幽適，有時激越，轉韻可使這些情緒的變化，更靈妙的展現出來。轉韻又可分為以下兩種：

　　一、平仄通韻：此即平韻換仄韻、仄韻換平韻，而韻同在一部者。方回詞中共有十四首屬平仄通韻，如〈臺城柳〉，其用韻情形為：

> 南國本瀟洒（馬）。六代浸豪奢（麻）。臺城游冶（馬）。襞箋能賦屬宮娃（佳）。雲觀登臨清夏（馬）。璧月留連長夜（禡）。吟醉送年華（麻）。回首飛鴛瓦（馬）。欲羨井中蛙（佳）。　訪烏衣，成白社（馬）。不容車（麻）。舊時王謝（禡）。堂前雙燕過誰家（麻）。樓外河橫斗掛（卦）。淮上潮平霜下（馬）。檣影落寒沙（麻）。商女篷窗蟀（禡）。

〔註43〕擬音依據董同龢，《漢語音韻學》一書所擬之音值。

　　猶唱後庭花。（麻）

此調詞譜以毛滂詞，蘇軾詞爲正體，賀詞爲另一體。爲便徵引，茲將毛、蘇二詞抄錄如下：

　　毛滂：〈水調歌頭〉

　　　九金增宋重，八玉變秦餘（魚）。千年清侵，先淨河洛出圖書（魚）。一段昇平光景，不但五星循軌，萬點共連珠（虞）。垂衣本神聖，補袞妙工夫（虞）。　　朝元去，鏘環佩，冷雲衢（虞）。芝房雅奏，儀鳳矯首聽笙竽（虞）。天近黃麾仗曉，春早紅鸞扇暖，遲日上金鋪（模）。萬歲南山色，不老對唐虞（虞）。

　　蘇軾：〈水調歌頭〉

　　　明月幾時有，把酒問青天（先）。不知天上宮闕，今夕是何年（先）。我欲乘風歸去（語）。又恐瓊樓玉宇（嘆）。高處不勝寒（寒）。起舞弄清影，何似在人間（山）。　　轉朱閣，低綺戶，照無眠（先）。不應有恨，何事常向別時圓（仙）。人有悲歡離合（合）。月有陰晴圓缺（薛）。此事古難全（仙）。但願人長久，千里共嬋娟（仙）。

比對三詞的用韻，毛詞上半闋九句押四平韻，下半闋十句押四平韻，全首皆用第四部平聲魚虞韻，宋人塡此調亦俱如毛體而全首用平聲韻。蘇詞除上下片均同於毛體押四平韻外，於上片又加了兩個第四部的仄韻字「去」、「宇」，下片也加了兩個仄韻字「合」、「缺」，分押第十九部、第十八部的入聲韻。這上下片所增的兩個短韻，已使原本皆平韻而顯得單調的詞調，在音律上更具頓挫變化。而賀方回此詞，不僅在兩個短韻處：「夏」、「夜」、「掛」、「下」押仄韻，甚至平仄韻相間，句句用韻，上下片各用了四平韻、五仄韻，且所押之韻均第十部麻馬禡韻，麻韻的主要元音爲 a，a 爲舌面前低元音，響度極大，聲音上本具沉重放達的特質，益以「馬」「禡」二韻之上去互叶，輕重相權，聲音嘹亮而亮仄，剛好傳達了詞人對歷史滄桑萬變的感慨。是故從用韻的轉換上而言，賀體實較毛、蘇二體更勝一籌，而節奏韻律

上也更富跌宕激促之致。

又如前第一章所舉的六州歌頭一詞，此詞詞譜，詞律拾遺皆列為一體，平韻則用東鐘韻，仄韻則用董腫宋韻，而不雜它韻，且句句用韻，東部的主要元音為 u，平仄通叶，聲音上均寬宏響亮，適足以表達出亢爽激昂、沉鬱蒼茫的身世際遇之歎。王灼謂此詞「奇崛」，〔註44〕從轉韻上看來，實可獲證。

二、平仄異部換韻：即一調中平仄換韻，而分屬於不同韻部者，即更韻。方回詞中共有十一首屬此，如：

〈行路難〉

　　縛虎手。懸河口。車如雞棲馬如狗。白綸巾。撲黃塵。不
　　知我輩可是蓬蒿人。衰蘭送客咸陽道。天若有情天亦老。
　　作雷顛。不論錢。誰問旗亭美酒斗十千。　　酌大斗。更
　　為壽。青鬢常青古無有。笑嫣然。舞翩然。當壚秦女十五
　　語如絃。遺音能記秋風曲。事去千年猶恨促。攬流光。繫
　　扶桑。爭奈愁來一日卻為長。

此詞即梅花引（小梅花），詞譜以賀詞為正體，其押韻情形為：

　　上片：手、口、狗：押十二部上聲有、厚韻。擬音 ju、u

　　　　　巾、塵、人：押四部平聲真韻。擬音 jen

　　　　　道、老：押八部上聲皓韻。擬音 au

　　　　　顛、錢、千：押七部平聲先韻。擬音 iɛn

　　下片：斗、壽、有：押十二部上聲有、厚韻。擬音 ju、u

　　　　　然、絃：押七部平聲先韻。擬音 iɛn

　　　　　曲、促：押十五部入聲燭韻。擬音 juok。

　　　　　光、桑、長：押二部平聲陽、唐韻。擬音 ɔŋ

上下片皆四換韻，元音的變化為 ju (u)→je→au→ɔŋ，下片則為 ju (u)→iɛ→u→ɔ，都是由響度低的高元音而趨向響度極大的低元音，全詞就在平仄韻相遞換以及元音響度的愈趨嘹亮高亢中，作者表達了宦途

〔註44〕王灼，《碧雞漫志》卷二，《詞話叢編》頁34。

失意後，以飲酒歌肆自遣的沉重心情，一方面感傷樂往悲來，時光荏
苒不再，一方面卻又感到於愁悶的光陰中，渡日如年，難以排遣。矛
盾激切的情緒在頓挫抑揚有致的異部平仄轉韻中，表露無遺。

　　韻脚的轉換固然可使節奏更富律動性，然而，韻脚佈置的疏與密
也會影響整闋詞的節奏，因爲詞既爲音樂文學，韻脚不僅是意義的停
頓單位，也是音樂的段落處，韻脚多，單位就短，自然節奏也就快，
反之亦然。〔註45〕是以一般而言，用韻均勻，節奏的急徐較爲合度，
用韻過疏，節奏則弛緩，用韻過密，節奏則快速。小令由於受近體詩
的影響，韻距緊密，適合於短促凝聚的情感表現，而絕大多數的慢詞
都是疏韻的，韻距都在兩行以上，有些甚至相隔五、六行。然而，檢
視方回詞，其韻距之情形則異於此。他幾乎每一闋詞都是密韻或均勻
和諧的隔句押韻，小令如此，慢詞也不例外，其慢詞之韻距多在兩、
三行左右，如：〈石州引〉：

　　4｜4｜4（R）｜6｜6（R）｜4｜6｜7（R）｜5｜5（R）。

　　　　2（R）｜4｜4｜4（R）｜4｜6（R）｜4｜6｜7（R）｜

　　5｜5（R）。　　R表韻脚。

此詞的韻距大體爲兩、三行，節奏顯得較鬆弛，剛好配合詞所欲表達
的纏綿思情。甚少有達五行以上者，如：

　　〈國門東〉

　　　　車馬匆匆。會國門東。信人間，自古銷魂處，指紅塵北道，
　　　　碧波南浦，黃葉西風。　　塚館娟娟新月，從今夜，與誰
　　　　同。想深閨，獨守空牀思，但頻占鏡鵲，悔分釵燕，長望
　　　　書鴻。

韻距極爲鬆散，這種情形在賀詞中占極少數，而之所以有如此疏鬆的
安排，也正是爲了表達沉重銷魂的思情所致。

　　賀詞中句句押韻者甚多，如前引的〈行路難〉、〈水調歌頭〉、〈六
州歌頭〉……都是藉緊密的用韻，造成急速的節奏，以傳達個人種種

〔註45〕《陳世驤文存》，頁106。

激越的情緒之作，情感與節奏韻律配合得極爲妥貼。方回不僅以這種緊密的用韻結構寫豪邁激促的情懷，甚至以之寫柔婉之情，如：

〈小梅花〉

思前別。記時節。美人顏色如花發。美人歸。天一涯。娟娟姮娥，三五滿還虧。翠眉蟬鬢生離訣。遙望青樓心欲絕。夢中尋。臥巫雲。覺來珠淚、滴向湘水深。　　愁無已，奏綠綺。歷歷高山與流水。妙通神。覺知音。不知暮雨朝雲向山岑。相思無計堪相比。珠箔雕闌幾千里。漏將分。月窗明。一夜梅花，忽開疑是君。

此詞可說字字用韻，聲音收束的語言長度相當短，故節奏顯得緊湊，把相思的焦灼難安之情表達至切。宜乎龍沐勛謂方回「以健筆寫柔情」〔註46〕是也。

　　由以上對賀方回詞用韻的探討，可知方回除嚴守平聲獨用，入聲（p、t、k 韻尾不相混）獨用、上去通押等一般用韻原則外，還能利用不同的韻腳本身的聲音特質，表達不同的聲情。甚至純熟的使用更韻、通韻的轉韻技巧，表達曲折的情感。並且深諳韻與韻間疏密的距離對詞情所造成的影響，使韻腳發揮其最大的特質。其能不爲韻腳所縛，反能利用韻腳以寓情思的用韻技巧，實足當杜文瀾「用韻精嚴，爲北宋一大家」〔註47〕之譽。

四、句　式

　　由於中國文字的特性是單音節、單形體，每個字只有一個音節，每句詩或詞的字數剛好是其音節數，因而若對句式有所了解，必可更進一層的掌握整首詩詞曲的聲情。就文、詩、詞、曲而言，「句式」的涵義乃指每句所包括的字數和這些字數的分配，而所謂「句」並不表示意義之完成，而係指語氣音節之告一段落。〔註48〕句式可分爲單

〔註46〕龍沐勛，〈研究詞學之商榷〉，《詞學季刊》一卷四號。
〔註47〕杜文瀾，《憩園詞話》，卷四，《詞話叢編》頁本3035。
〔註48〕鄭師因百，〈論北曲之襯字與增字〉，《幼獅學誌》十一卷2期。

式句、雙式句，句之為單為雙，當以上句的下半段為準。除了唐五代之詞，因初萌芽，許多詞調完全與近體詩相似而完全採單式句之組合外，一般的詞調都是單、雙式句的混合，且其中雙式句往往較單式句多，越講究音律的詞人所用的詞調，越是如此，而這種雙多單少的詞調，使詞讀來平板，近於平面而不近於立體，予人「平緩舒徐」之感，適於慢拍子，以表達陰柔深婉之聲情。反之，單多雙少的詞調，則使詞讀來縱橫跌宕而富立體感，予人「健捷激裊」之感，適於快拍子，以表達雄壯活潑的聲情。這種單多雙少的詞週在詞中佔少數，而且只有稱為豪放派，不甚拘音律的詞人才用。〔註49〕

　　而正如本節於探討賀方回所用之詞牌時所述，他選用的詞牌兼取婉、豪，是介於婉、豪之間的詞人，因而在他所用的九十七個詞牌中，其詞的句式也展現出兩種完全不同的變化，或雙多單少，或單多雙少（但仍以雙多單少為多），茲分述如下。

（一）雙多單少

如：

〈風流子〉

　　何處最難忘。方豪健，放樂五雲鄉。彩筆賦詩，禁池芳草，香韉調馬，輦路垂楊。綺筵上，扇偎歌黛淺，汗浥舞羅香。蘭燭伴歸，繡輪同載，閒花別館，隔水深坊。　　零落少年場。琴心漫流怨，帶眼偷長。無奈占牀燕月，侵鬢吳霜。念北里音塵，魚封永斷，便橋煙雨，鶴表相望。好在後庭桃李，應記劉郎。

上半闋句式：五（二、三）、三、五（二、三）、四、四、四、四、
　　　　　　三、五（二、三）五（二、三）、四、四、四、四。

下半闋句式：五（二、三）、五（二、三）、四、六、四、五（一、
　　　　　　四）、四、四、四、六、四。

全詞共有雙式句十七句，單式句八句。一開始作者以三句健捷跳動的

<hr>

〔註49〕鄭師因百，〈詞曲的特質〉，收入《景午叢編》上編，頁59。

單式句起首，正反映出其情緒的激動。以下接四句四言雙式句，平穩
舒緩的節奏，正流露出作者對往昔之無限緬懷、沉浸。然而，沉溺愈
深，情緒愈不能控制而愈發激烈，故有以下三句單句的出現。最後以
四句四言的雙式句寫深墜入過往縣縣無盡的追憶之中。下半闋爲今日
覺醒往日之爲夢後的孤獨、悲涼的人世、際遇之歎。故換頭便以「零
落少年場，琴心漫流怨」的「（二、三）、（二、三）」急促流盪的節奏，
表達內心的怨情。自此以下，則全用雙式句，抒發深邃的傷感之情，
爲了使連續的雙式句節奏免於板滯，方回巧妙的以「念」爲領調字，
由領調字而引出「北里音塵，魚封永斷，便橋煙雨，鶴衣相望」一長
串的慨歎。全詞成功的以雙式句爲主，適時的配合情緒而雜以單式
句，單雙式句的相互配合，把眷戀徘徊於過往之情及今日孑然落寞的
人事滄桑之歎，做了深刻的表達。

　　雙式句中，方回最擅於四言、六言，尤其是四言，〈雨中花慢〉
一闋主要即由四、六言組合而成：

> 回首揚州，猖狂十載，依然一夢歸來。但覺安仁愁鬢，幾
> 點塵埃。醉墨碧紗猶鎖，春衫白紵新裁。認鳴珂曲裏，舊
> 日朱扉，閒閉青苔。　　人非物是，半晌驚腸，易斷寶勒
> 空回。徒悵恨，碧雲銷散，明月徘徊。忍過陽臺折柳，難
> 憑隴驛傳梅。一番桃李，迎風無語，誰是憐才。

　　上半闋句式：四、四、六、六、四、六、六、五（一、四）、四、
　　　　　　　四、四。

　　下半闋句式：四、四、六、三、四、四、六、六、四、四、四。
全詞共有雙式句二十句，單式句一句，爲雙式句運用的極致，主要是
利用四言句、六言句反復的韻律組成，與尋常曲調之句度參差、奇偶
變化者大異。而四、六言句固然使節奏徐舒和緩，但連續使用亦有使
詞散文化的危險，是以方回又間以一上一下四的五言句，由「認」領
四句四言句，使節奏顯得抑揚而富變化，音律上適足以表現宦途失
意、沉鬱凝重的悲情。

（二）單多雙少

如：

〈鶴沖天〉

> 鼕鼕鼓動，花外沈殘漏。華月萬枝燈、還清晝。廣陌香衣
> 度，飛蓋影、相先後。箇處頻回首。錦坊西去，期約武陵
> 溪口。　　當時早恨歡難偶。可堪流浪遠，分携久。小畹
> 蘭英在，輕付與何人手。不似長亭柳。舞風眠雨，伴我一
> 春銷瘦。

此詞寫別後相憶之情。上半闋起首以四言句的緩慢節奏，描摩沉沉的
鐘鼓聲響，也同時反映出了詞人內心的沉重。以下接以流利飛快的單
式句，道出別時綺麗的美景，其中又以六言的變格「飛蓋影、相先後」
於徐舒中現出急切的不忍之情。末二句再以兩個雙式句緩和壓抑內心
的情緒，而寫出對未來相見的期待。下半闋寫別後的思念，以連續的
六句單式句，抒發羈旅中內心糾繚難釋的殷殷思情，飛快的單式句正
顯露內心這份情愫的激烈與澎湃。末又以兩個雙式句寫柳在風中飄
搖，正暗寓自己內心的悲淒與落寞。全詞以單式句流利的節奏，益以
四、六言句的徐緩，節奏的抑揚變化將相思時種種曲折的心情表達淋
漓。

單式句的運用，以三言句為極致，如：

〈芳草渡〉

> 留征轡，送離杯。羞淚下，撚青梅。低聲問道幾時回。秦
> 箏燕促，此夜為誰排。　　君去也，遠蓬萊。千里地，信
> 音乖。相思成病底情懷。和煩惱，尋箇便，送將來。

全闋詞除「秦箏燕促」一句外，餘皆為單式句，且以三言單式句為主。
三言句流利清暢的節奏，適足表達女子激切真摯的相思情懷。

是以不論是單多雙少或單少雙多的句式組合，方回都能依情感的
激緩和舒而適度的加以運用，使詞的音樂性更加突出。

句式之中，影響慢詞節奏的尚有領調字。領調字顧名思義，是放

在句子的最前面，用以帶領句子。而由於慢詞是重起輕殺，故領調字是一個重拍子，所領的句子則為一輕拍，重輕之間剛好統攝貫串全詞，使句式及韻律更具變化及韌性的作用。領字一般多為去聲字，因為在領字與被領字之間需要一個大停頓，而上聲的停頓作用較不明顯，故以去聲字為多，它可以是單字、雙字、甚至三字。〔註50〕賀方回詞中亦使用了許多領調字：

> 便蘭舟獨上，洞府人間，素手輕分。(〈更漏子〉)

> 念樂事稀逢，歸期須早，五雲聞道。(〈定情曲〉)

> 向落花香裏，澄波影外，笙歌遲日，羅綺芳塵，載酒追游。
> (〈念離羣〉)

> 念日邊消耗，天涯悵望，樓臺清曉，簾幕黃昏，無限悲涼，
> 不勝憔悴。(〈念離羣〉)

> 指紅塵北道，碧波南浦，黃葉西風。(〈國門東〉)

> 但垂楊永巷，落花微雨，芳草斜陽。(〈九回腸〉)

> 認鳴珂曲裏，舊日朱扉，閉閉青苔。(〈雨中花慢〉)

> 將發，畫樓芳酒，紅淚清歌，頓成輕別。(〈石州引〉)

由以上的例子看來，方回詞中的領調字多引導四言句組，而這些句組由於是平行結構的排句或對句，雖然利於排比鋪敍，層層逼進，步步肆逸，但終究顯得流暢性不足，語意不易貫串，此時加一領調字，正有提挈句組、推動韻律前進的作用。是以每當領調字所引的句組一出現，意義上或更鋪敍一層，如：「念日邊消耗，天涯悵望，樓臺清曉，簾幕黃昏，無限悲涼，不勝憔悴」，「念」字連引六句四言句，把鬱鬱難遣的懷才不遇之情，在不斷前進的節奏中，作了最深刻的鋪衍，使

〔註50〕張炎，《詞源》卷下，頁207，論虛字條：「單字如正、但、任、甚之類，兩字如莫是、還又、那堪之類，三字如更能消、最無端、又卻是之類。」

詞情達到高潮；或將詞推宕至另一時空，如：「便蘭舟獨上，洞府人間，素手輕分」，將詞情由原先送別的宴席，急速的轉入別離，而順利的開啓下片別後的思念之情。由此可見，領調字在方回的慢詞中確具有推衍統貫意義及節奏的作用。

第三節　章法結構

劉熙載曰：「詞以鍊章法爲隱，鍊字句爲秀，秀而不隱，是猶百排明珠而無一線穿也。」〔註51〕可見詞也正如文章一樣，除了注重字面上的遣辭造句外，仍須講究內在的章法結構。一個成功的章法結構可以適度的貫串，突顯詞人所欲傳達的情思，並展現詞人情思變化的軌跡，甚至呈現出單從內容或技巧的探討也無法使讀者識透的深邃蘊義。缺了它，無論字句如何精鍊豐贍，聲律如何協調悅耳，都無法使詞獨立成一個特殊的樣態。因而正如況周頤所說，凡好的詞，必須「有理脈可尋，所謂蛇灰蚓綿之妙。」（《蕙風詞話》卷二）基於這一觀念，現在就把賀詞中主要的章法結構闡析如下：

一、情景的配置

情與景乃文學架構中的兩大要素。表面上二者像可截然區分，但事實上若由創作心理的角度來分析二者的關係，却難以劃分。因爲景雖是客觀的存在，但經由詩人主觀的感受，所寫出的景物往往具有詩人情志的色彩，情雖爲主觀的感受，而創作時，詩人每喜借景物以抒懷故常使景中含情。是以二者關係密不可分。苟能宛轉附物，惆悵切情，使情景相融相切，則自或佳構。

詞中情、景配合的情形，正如劉熙載所謂：「或前景後情，或前情後景，或情景齊到，相間相融，各有其妙。」〔註52〕賀詞中情、景的配置，亦不外此。茲分別探討於后。

〔註51〕劉熙載，《詞概》卷二，詞話叢編本頁 3780。
〔註52〕同註50，頁 3779。

（一）前景後情

如〈想娉婷〉：

> 鴉背夕陽山映斷，綠楊風掃津亭。月生河影帶疏星。青松巢白鳥，深竹逗流螢。　　隔水綵舟然絳蠟，碧窗想見娉婷。浴蘭熏麝助芳馨。湘絃斷未半，淒怨不堪聽。

此詞寫相思之情。上半闋均為景語，勾勒出一幅美麗的黃昏景象。那時山腰上月亮緩升，疏星點點，暮鴉夕照，鳥飛風起，景致美好但却予人「夕陽無限好，只是近黃昏」的淒然之感。下半闋第一句仍為景語，與上半闋組合而成的絕美景象，使詞人內在的情感被勾起，娉婷的佳人由是浮現腦海，故道出「碧窗想見娉婷」這一情語，也正點出了景中所佈之情。末二句「湘絃斷未半，淒怨不堪聽」，乃由相思之情，轉為淒怨之歎。全詞以景物為中心，情感隨着景物自然傾流，外在客觀景物為一層，內在情感是又一層，就在這內外情景相切的一瞬，作者傳達了相思之淒苦。整個結構由內而外漸次突顯，前面的景使後面的情有了憑藉；後面的情也使前面的景有了韻致，前後相輔實虛相配情思無限，結構經營得極為妥切適切適當。又如：

〈浣溪沙〉

> 夢想西池輦路邊。玉鞍驕馬小輜軿。春風十里鬥嬋娟。　　臨水登山飄泊地，落花中酒寂寥天。箇般情味已三年。

這闋詞由第一至第五句呈現一客觀景象，而最後一句則寫出詞人對此景象的感受。亦即，前五句景外象，而末一句為一種霎時的感悟。上片起首由玉鞍、驕馬、春風……等華美的字眼，繪出一片繽紛景象，瀰漫著仕途得意、生命終獲貞定的自得與昂揚。「春風十里鬥嬋娟」一句，更借「鬥」字強調了內心著意用世的天真與熱望。然而，由前面的「夢想」二字，可知這一切只不過是自己的幻象而已，期待與憧憬終究是落空的。下片因而展現出現實世界中，「臨水登山飄泊地，落花中酒寂寥天」的蕭條景象，此二句景中又含情，以「飄泊」、「寂寥」等字眼暗點出那一觸即發，不可收拾的鬱悶情懷。最後乃自然逼

出「箇般情味已三年」一句，不僅叫醒全篇，而且將生命由夢想的綺麗，到失望的寂寥，這一過程中的所有痛楚與悲淒的感受，完全表現出來，內外情景至此渾融為一。《白雨齋詞話》曰：「賀老小詞工於結句，往往有通首渲染，至結處一筆叫醒，遂使全篇實處皆虛，最屬勝境，……妙處全在絕句，開後人無數章法。」〔註53〕此處所謂「實處皆虛」的「章法」，正是指方回這種由外界實景開始，而後依著景物的發展，適當接以一與前面景語相切的情語，以突顯內心所欲表達之情感的情景架構法。賀詞中章法結構類此者，尚有〈浣溪沙〉（清淺陂塘藕葉乾）、（鼓動城頭啼暮鴉）、（閒把琵琶舊譜尋）……等。

（二）前情後景

如：〈小梅花〉：

> 思前別。記時節。美人顏色如花發。美人歸。天一涯。娟娟姮娥，三五滿還虧。翠眉蟬鬢生離訣。遙望青樓心欲絕。夢中尋，臥巫雲。覺來珠淚、滴向湘水深。　　愁無已，奏綠綺。歷歷高山與流水。妙通神，覺知音。不知暮雨朝雲向山岑。相思無計堪相比。珠箔雕闌幾千里。漏將分。月窗明。一夜梅花，忽開疑是君。

此詞寫無可迴避的相思之情。全詞盡是情語，本易陷於直接而不夠深婉之弊，方回竟能於末句以「漏將分，月窗明，一夜梅花，忽開疑是君」此一造微入妙的景語收束全篇，使思情更為綿邈無盡。於此可見，方回已掌握情景架構的妙處，而能順應自己的情感，將情景做最適當的配合。其他如：

> 一川煙雨，滿城風絮，梅子黃時雨。（〈青玉案〉）

> 厭厭睡起，猶有花梢日在。（〈薄倖〉）

> 暮雨不來春又去，花滿地，月朦朧。（〈江城子〉）

> 憔悴一天涯，兩厭厭風月。（〈石州引〉）

> 斷橋孤驛，冷雲黃葉，想見長安道。（〈御街行〉）

〔註53〕陳廷焯，《白雨齋詞話》卷八，詞話叢編本頁4004。

這些句子都是作爲結響的景語，均能成功的使全篇達到餘韻無窮，一唱三歎的效果。

這種以景結情的結構經營所產生的效果，在小令中更爲明顯。蓋小令篇幅本有限，若能善於以景爲結，則可使言短意長，全篇有如緘鏤之密，更形渾厚凝鍊。如：

〈換追風〉

　　掌上香羅六寸弓。雍容胡旋一盤中。目成心許兩匆匆。

　　別夜可憐長共月，當時曾約換追風。草生金埒畫堂空。

此詞上片首二句寫伊人的纖腰麗態，三句謂如今却各分東西。下片則寫今日孤獨一人的悲情，末以「草生金埒畫堂空」一句爲結，表面似寫金色的欄干，空曠的畫堂，實則這淒清的景象正是方回內心孤寂的寫照。以景語出之，使人更深刻的感覺其心中那股被強行壓抑的相思情愫，全詞因而產生令人低迴沉思不已的效果。又如：

　　馬上少年今健否？過瓜時見雁南歸。（〈夜搗衣〉）

　　兩槳往來風與便，潮平月上江如練。（〈江如練〉）

　　莫道粉牆東，蓬山一萬里。（〈菩薩蠻〉）

　　數點雨聲風約住，朦朧淡月雲來去。（〈蝶戀花〉）

　　閒愁朝復暮，相應兩潮生。（〈鴛鴦夢〉）

　　行樂地，菟葵燕麥春風裏。（〈漁家傲〉）

這些句子也都和此句相同，而且有使辭意纏綿不盡的效果。

在整個詞的結構中，以結響爲最重要。沈義父曰：「結句要放開，含有餘不盡之意，以景結情最好。」〔註54〕由以上諸例可知，方回實深識此中三昧，而能使詞「物色盡而情有餘」（《文心雕龍‧物色篇》），富意在言外之思。

（三）情景相間

　　如：〈綠頭鴨〉：

〔註54〕沈義父，《樂府指迷》，詞話叢編本頁230。

玉人家，畫樓珠箔臨津。託微風，彩簫流怨，斷腸馬上曾聞。燕堂開、艷妝叢裏，調琴思、認歌顰。麝蠟煙濃、玉蓮濡短，更衣不待酒初醺。繡屏掩、枕鴛相就，香氣漸墩墩。回廊影，疏鐘淡月，幾許銷魂。　翠釵分、銀牋封淚，舞鞵從此生塵。任蘭舟載將離恨，轉南浦、背西曛。記取明年，薔薇謝後，佳期應未誤行雲。鳳城遠，楚梅香嫩，先寄一枝春。青門外，祇憑芳草，尋訪郎君。

此詞乃歡情別後猶冀相逢之作。起首二句爲景語，寫美人家中的美麗。接着以「託微風、彩簫流怨」的景句，淒涼的暗示出這是一個離別的夜晚，此句表面爲景句，實則彩簫所奏之樂乃因聞者之沈溺於離別之苦而沾染上「怨」的情味，故當爲情景兼寫。以下更用，「斷腸馬上曾聞」此一情語直道出腸斷的心事。「燕堂開」以下四句寫出玉人的華艷及畫堂的綺麗香濃，由此盛麗之景自然引出二人歡情。至下半闋，以「翠釵分、銀牋封淚，舞鞵從此生塵」之景句，點出離別，此亦兼寫情景之句。情感至此因而愈趨悲淒，是以「記取」以下情語奔流，不僅希冀所思來年的梅傳信，更欲借芳草尋訪郎君的去向，此數句既爲情語，又爲景語，情癡景濃，淒然至極。全詞雖情景虛實相間，但麗人歡情、淚封舞鞵，梅信傳情等事件的安排則一層接續一層，聯貫自然有序。可見方回已能靈活的運用情景轉接的技巧，使詞情融接自然，其寫作手法可謂臻至絕境矣！賀詞中除此首以外，其他如〈望湘人〉、〈石州引〉、〈薄倖〉、〈望揚州〉、〈菱花怨〉……等之章法結構均屬此類。

　不論是前景後情，前情後景相間，方回均能配合詞情的推展，有效的使情、景作最縝密的配合。而除此外，即使全篇皆用景語，方回也能使字字關情、句句是情，如：

〈浣溪沙〉
　鶯外紅綃一縷霞。淡黃楊柳帶棲鴉。玉人和月摘梅花。
　　笑撚粉香歸洞戶，更垂簾幕護窗紗。東風寒似夜來些。

在此詞中，這些景物裏的物象和活動均未經詞人情緒沾染，完全以客觀透視的角度來呈現一個女子的閨中樣態。上半闋起始是靜態的外在

景象之描寫，而在如此靜謐的景中，忽有一美女在月下摘梅花。下半
闋繼續描寫女子的動作，她微笑的帶著梅花回房，然後把簾幕垂下，
末句又以外界景象爲結。作者在此完全摒棄前因後果的描寫，而只有
幾個最富暗示性的景象、動作，自然展現出一份孤獨、寂寞、不可言
喻的閨中愁思。因而全詞雖不着一情語，但却已能自成一個完整自足
的結構，景語在此可謂充分發揮了強烈暗示情感的效果，這種結構，
也可算是情景相切的另一種方式。

　　周濟曰：「方回鎔景入情，故穠麗。」(《宋四家詞選序論》) 所謂
「鎔景入情」即全詞於言情中佈景，以情爲中心，而景依情而變。換
言之，他肯定方回情景運用的特色在於情景的相切，但若就情景於一
篇中所佔的份量而言，則認爲方回善於在言情中佈景，也就是只看出
方回〈綠頭鴨〉一類情景相間，以情爲主的作品之特色而已。而誠如
上所分析，方回的特色實不止於此，不論是情中佈景或景中佈情，他
均能妥善的加以掌握，使情景密切貼合，而達到有效彰顯詞情的目的。

二、情境的逆轉

　　情境的逆轉是一種以對比的矛盾情境，造成強烈戲劇效果的結構
經營法，亦即戲劇結構中所謂的「急轉」。在戲劇中，它是指「自事
件的一種狀態，轉變到它的反面。」〔註55〕詩詞也常利用這種前後情
境相反的結構表達強烈的情思。賀方回尤善於這種展現情思的方式，
例如：

〈樓下柳〉

　　滿馬京塵，裝懷春思，翩然笑度江南。白鷺芳洲，青蟾雕
艦，勝游三月初三。舞裙濺水，浴蘭佩、綠染纖纖。歸路
要同步障，迎春會捲珠簾。　　離觴未容半酣。恨烏檣、
已張輕帆。秋鬢重來淮上，幾換新蟾。樓下會看細柳，正
搖落、清霜拂畫檐。樹猶如此，人何以堪。

─────────────
〔註55〕亞里斯多德，《詩學》第十一章，姚一葦譯，頁96。

此詞上半闋與下半闋的情境迥異。上半闋寫出二人於絢麗的春光下共同遊冶的歡樂，一切的景象對詞人而言，像是永不會褪色消失般的光彩耀眼。然而，下半闋却由「離觴未容半酣」始，語氣一轉，擊碎所有上半闋架構出的美好情境，而轉入離別的淒涼情境。後面的淒涼正暗示着前面只是一場短暫的虛幻；前面的歡樂也益發突顯後面的悲哀，前後情境的對比所造成的矛盾張力，正強烈的道出方回心中對過往的沉浸與癡迷。整闋詞的語言也完全隨着這種情境的逆轉，而作一百八十度的變化。上半闋的白鷺、青蟾、雕艦、舞裙、蘭佩、珠簾等光粲的用字，極力塑造一綺麗歡暢的情境。而下半闋則用烏檣、清霜、細柳等蘊藉悲苦的字詞，經營出一片黯淡蕭條的情境。整闋詞的結構就像是作者親手營建一個美麗的伊甸，却又故意將之抵毀、破壞、消滅一樣，是藉著強烈的戲劇性衝突，而達到烘托出作者內心激情的效果，使我們藉此結構而更深刻的感受到方回心中深邃的悲哀。又如：

〈人南度〉

　　蘭芷滿芳洲，游絲橫路。羅韈塵生步。迎顧。整鬟顰黛，脈脈兩情難語。細風吹柳絮。人南度。　　回首舊游，山無重數。花底深朱戶。何處。半黃梅子，向晚一簾疏雨。斷魂分付與。春將去。

此詞寫伊人離去後的悵恨。上半闋前六句極力描寫女子婀娜多姿的迷人丰采，及兩情相悅、脈脈含情的美好過往，這種情境看來完美而令人陶醉。但就在「細風吹柳絮，人南度」輕巧的轉折下，情境完全逆轉，佳人終隨柳絮消逝了，緊接而來的是無垠的寥落與悲淒。後面悲淒的情境，無情的毀滅前面所架構的美好情境，前後情境的對比造成一股強烈的衝擊，而激盪出方回對人間情愛的無限眷戀與執着。

　　情境逆轉的結構充滿無限矛盾的張力，是使思情自然流露的一種極高度的表現技巧。東山詞中，其他如〈風流子〉、〈念離群〉、〈凌歊〉、〈斷湘絃〉，〈念良游〉、〈御街行〉……等的章法構亦均屬此類。

第四章　賀方回詞的風格

　　文學不是一種靜態的孤立，它是一種動態的精神文化現象。〔註1〕因而，文學作品的風格，除了受作者本身的個性、身世、際遇……等特殊性影響外，由於創作者不自覺的受著傳統的影響，作品必然也多少沾染上了傳統的某些特質。換句話說，由於傳統具有一種「歷史意識」，「這種歷史的意識是對超越時間即永恆的一種意識，也是對時間以及對永恆和時間合而為一的一種意識：這是一個作家所以具有傳統性的理由，同時也是使一個作家敏銳地意識到自己在時代中的地位，以及本身所以具有現代性的理由。」〔註2〕因此，任何文學家或藝術家，他的作品不可能孤立而具有完整的意義，他的風格必然是在文學長流的觀照中，才能被突顯出來。是以姚一葦先生兼取傳統的一般性與個人的特殊性，而對風格下了一個很週延的定義曰：「風格乃一個時代的一般性或社會意識與一個藝術家的特殊性或個人意識透過藝術品的形式與品質而形成的那一藝術家的世界。」〔註3〕

　　基於以上對風格形成的認識，在本章探討方回詞的風格時，筆者企圖將他的作品放在一個時空縱橫交錯的脈絡中去觀察，然後再歸納

〔註1〕丸山學，《文學研究法》，郭虛中譯，頁11。
〔註2〕艾略特，《艾略特文學評論選集》，杜國清譯，頁5。
〔註3〕姚一葦，《藝術的奧秘》，頁309。

出他在整個詞史上風格的因襲與創新。茲論述如下。

　　晚唐五代時，詞體初興，詞大抵皆爲歌妓歡宴傳唱而作，內容多傷春怨別之情，風格上則「鏤玉雕瓊，擬化工而迴巧；裁花翦葉，奪春艷以爭鮮」（歐陽炯，〈花間集序〉）極華艷旖旎之至。此時以溫庭筠、韋莊、馮延巳三家詞爲代表。溫詞富麗穠艷，語工句麗，情思幽渺，喜以客觀唯美的香艷歌詞展現女子深邃的閨中之思，惟缺少眞實的感情，鮮明的個性。其十四首菩薩鏤金錯采，美不勝收，不僅爲其詞風的代表，更是花間的典型。賀方回創作了十二首菩薩蠻，無論在用字、造語、情思、表達情思的方式上，完全承襲溫詞。試隨拈一首與溫詞相較：

賀方回

　　朱薨碧樹鶯聲曉。殘醺殘夢猶相惱。薄雨隔輕簾。寒侵白紵衫。　　錦屛人起早。惟見餘妝好。眉樣學新蟾。春愁入翠尖。

溫庭筠

　　牡丹花謝鶯聲歇。綠楊滿院中庭月。相憶夢難成。背窗鐙半明。　　翠鈿金壓臉。寂寞香閨掩。人遠淚闌干。燕飛春又殘。

此二詞皆寫女子深閨落寞之情。賀詞利用客觀的聲音、名物、色澤，如鶯聲、朱薨、碧樹、錦屛……等，堆砌出一片濃麗的景致以託出女子的情思，與溫詞一貫以客觀的景物、精美的意象觸發人之感情的表現手法，如出一轍。由此可見，方回詞中被稱爲「施朱傅粉，學步習容，如宮女題紅」〔註4〕的這類風格華贍精美的詞，實源諸於飛卿無疑。

　　韋莊詞的風格雖不脫唐五代，但他卻能在花間那片淫濫的閨閣園亭，相思別情中注入新鮮的生命與個性，以主觀抒情的態度直抒胸臆，另創一種清簡直致的風格，如：

〔註4〕郭麐，《靈芬館詞話》卷一，詞話叢編本，頁1522。

女冠子

> 四月十七。正是去年今日。別君時。忍淚佯低面，含羞半
> 斂眉。　　不知魂已斷、空有夢相隨。除卻天邊月，沒人
> 知。

而方回〈辨絃聲〉後半闋：「三月十三寒食夜。映花月絮風臺樹。明
月待歡來，久背面，鞦韆下。」亦能於樸拙無緣飾中，展現款款真摯
之情，於疏淡中蘊無限濃密之意，深得端已清簡之妙。又如端已之〈菩
薩蠻〉：

> 勸君今夜須沉醉。樽前莫話明朝事。珍重主人心。酒深情
> 亦深。　　須愁春漏短。莫訴金杯滿。遇酒且呵呵。人生
> 能幾何。

全詞由主人勸酒到客感主意，到最後的自勸，用詞素樸，但情感卻已
數折，尤其末二句淺白真切，在呵呵的苦笑聲中，不僅有著苦中作樂
的放任，更有著年來身世際遇的悲愴，於率直中蘊沉鬱，乃韋莊獨豎
一格之作。而方回之〈醉中真〉：

> 不信芳春厭老人。老人幾度送餘春。惜春行樂莫辭頻。
> 巧笑艷歌皆我意。惱花顛酒拼君瞋。物情唯有醉中真。

此詞用「不信」、「厭」、「惱」、「顛」……等生動的動詞，寫出一份任
歲月如何覷笑，也要在悲苦失意中欲尋歡作樂的頑強與宕達，末二句
與韋詞末二句一樣真切，而深曲的道出了自己滿腔不遇的憾恨。全詞
無論在語言、風格上皆承自端已。賀詞其他如：〈蕙清風〉、〈浪淘沙〉
「漲潮湛芳橋」、〈獨倚樓〉、〈攤破浣溪沙〉……等，亦無一不得韋莊
直率中見沈鬱或清簡直致之妙，可見方回得諸韋莊之深矣。

　　詞至馮延已，風格又是一變。由於他顛波受挫的政治歷程，又處
在混亂的五代，社會上一方面是污濁晦暗的，一方面卻又是沈醉溫柔
鄉的頹廢。個人的際遇益以這社會的氣氛，他因而失望的走向浮華的
世界，去過飲酒逸樂的頹靡生活，詞由是醞釀出一種穠麗中卻淒苦無
限的風格，即王國維所謂的「和淚試嚴妝」（《人間詞話》）。「嚴妝」
是指外表色澤的濃麗，而「和淚」則是指內心深深的悲哀。「和淚試

嚴妝」則意謂正中企圖透過濃麗的色澤與外象表現悲傷與愁苦。如其
〈蝶戀花〉：

> 花前失卻游春侶，獨自尋芳。滿目悲涼，縱有笙歌亦斷腸。
> 林間戲蝶簾間燕，各自雙雙。忍更思量，綠樹青苔半夕陽。

而賀方回同樣有著滿腹的恨然與失意，他所處的北宋也正和南唐一
樣，笙歌處處，因而他很自然的承襲了馮詞寓悲涼於濃麗的風格而
道：

〈小重山〉

> 飄徑梅英雪未融。芳菲消息到、杏梢紅。隔年歡事水西東。
> 凝思久、不語坐思空。　　回頭夾城中。綵山簫鼓沸、綺
> 羅叢。鈿輪珠網玉花驄。香陌上、誰與鬥春風。

此詞在一片穠麗之中流盪出無限的落寞與淒然，是方回體會人間情愛
無常變化後的感傷。這種淒麗的風格，在東山詞中不可勝數，其內容
除此外，或有寫理想與現實困境的，如念離群、風流子，或有寫歷史
流程之慨的，如〈臺城柳〉、〈凌歊〉……等。若以方回詞語稱之，即
所謂「彩筆所處斷腸句」（〈青玉案〉）是也。

　　詞至李煜，以白描之筆寫出人人皆懂卻又精鍊無比的語言，他的
詞風完全超越了溫韋，而創造出一種自然奔放卻又富沈鬱頓挫的詞，
如〈相見歡〉：

> 林花謝了春紅。太匆匆。無奈朝來寒雨晚來風。　　胭脂
> 淚。留人醉。幾時重。自是人生長恨水長東。

這種超逸群倫的風格，在詞史中僅此一人，而東山詞中亦無跡可尋。

　　詞發展至北宋，士大夫正式介入其間，初期有歐陽修、晏殊、晏
幾道……等，他們創作的動機乃在「病世之歌詞，不足以析酲解慍，
試續南部諸賢緒餘，作五七字語，期以自娛。」（〈小山詞自序〉）純
然是為了賞心悅耳、自娛娛人，並沒有文學的使命感，企圖為詞的風
格開創新機，因而在詞風上仍延續花間、南唐無大開創，彼此作品往
往混淆難分。但由於這些創作者均為文人，他們以精微的感受力，將

詩歌的婉約細緻注入詞中，尋求文字詞義的多種可能，發揮文字最大的效用，而建立宋詞傷感與知感性的特質。〔註5〕或將擬人化語言大量使用，造成物我相生相盪，情感生動具現，是他們在語言上很成功的一種嘗試。如：

> 此情拼作，千尺遊絲，惹住朝雲。（晏殊，〈訴衷情〉）

> 離愁漸遠漸無窮，迢迢不斷如春水。（歐陽修，〈踏莎行〉）

或引用點化詩句入詞，如：

> 倡條冶葉恣流連。（歐陽修，〈玉樓春〉）

係用李義山〈燕臺〉詩：「冶葉倡條徧相識。」

> 涼波不動簟紋平，水精雙枕，傍有墮釵橫。（歐陽修，〈臨江仙〉）

係用李義山〈偶題〉詩：「水文簟上琥珀枕，旁有墮釵雙翠翹。」
這些作法，都在有意無意之間將詩歌的婉約融鑄於詞，而使宋詞更形清雅婉麗。尤其至晏小山，以「嬉弄於樂府之餘，而寓以詩中之句法」（《豫章先生文集》卷十六，〈序小山詞〉）的原則作詞，總結南唐，花間遺風，致力於小令風格的提升，如其〈阮郎歸〉：

> 天邊金掌露成霜。雲隨雁字長。綠杯紅袖趁重陽。人情似故鄉。　蘭佩紫，菊簪黃。殷勤理舊狂。欲將沈醉換悲涼。清歌莫斷腸。

此詞為羈旅中回顧仕途悒悒不得志的感慨。上片由異鄉的佳節輕點鄉愁。下片由簪黃菊、佩紫蘭的狂態，暗喻自己高潔而卻不為賞識的悲哀，滿懷的淒涼唯有以飲酒來尋求解脫，「清歌莫斷腸」一句含蘊不盡，極悲哀之至。全詞表達幽深之思，鍼鏤縝密而毫不露痕迹。宜乎況周頤所謂「沈著重厚」（《蕙風詞話》卷二）矣。

賀方回，不僅承繼晏殊、歐陽修在語言運用上的特色而發揮得淋漓盡致（詳第三章第一節），更接續小山，而以詩人之句法運入詞中，而有沈鬱悲涼的風格，如：

〔註5〕參 James J.Y. Liu,《Major Lyricists of the Northern Sung》頁 17。

〈芳心苦〉

> 楊柳回塘，鴛鴦別浦。綠萍漲斷蓮舟路。斷無蜂蝶慕幽香，
> 紅衣脫盡芳心苦。返照迎潮，行雲帶雨。依依似與騷人語。
> 當年不肯嫁東風，無端卻被秋風誤。

這首詞亦寫鬱悶不遇之情，與小山〈阮郎歸〉一詞比較，小山亦有所
不逮也。蓋此詞寓情於荷，詞意更爲曲折婉轉，在字句的鍛鍊、擬人
化語言的使用、詩句的融鑄等處，都渾化安排得非常妥貼，極富沈鬱
頓挫之妙，《白雨齋詞話》謂：「江南賀老，寄興無端，變化莫測。」
〔註6〕即指這類作品而言。

　　方回有時亦能超乎花間而以蕭疏之境寫幽婉之思，創出一種清婉
的風格，如其〈浣溪沙〉數首：

> 清淺陂塘藕葉乾。細風疏雨鷺鷥寒。半垂簾幕倚闌干。
> 惆悵窺香人不見，幾回憔悴後庭蘭。行雲可是渡江難。

> 鸚鵡無言理翠襟。杏花零落晝陰陰。畫橋流水半篙深。
> 芳徑與誰尋鬥草，繡牀終日罷拈針。小牋香管寫春心。

這些詞均在清淡而毫無雕琢的自然雅麗之中，蘊藉出一份深婉風調。
另外，由於其性情豪邁而富俠氣，故同是作花間旖旎之語，而他自有
一種華艷中的清剛之氣，如〈暈眉山〉：

> 鏡暈眉山，囊熏水麝。凝然風度長閒暇。歸來定解鷫鸘裘，
> 換時應倍驊騮價。　　醱酒傷春，添香惜夜。依稀待月西
> 廂下。梨花庭院雪玲瓏，微吟獨倚鞦韆架。

此詞寫女子閨中之思，一反花間的柔靡之風，而注入作者個性的特質
於其中，如「歸來定解鷫鸘裘，換時應倍驊騮價」二句寫相思的期待
而竟以俠氣出之，清剛之氣因此流盪全詞。

　　以上這兩種獨特的風格，揆諸北宋，只此一人，故知方回小令不
僅能繼承傳統花間一脈穠麗之風，亦能別創清婉一格，甚至注入個性
中的豪氣，表現出一種獨有的風格，實不愧爲北宋小令的後勁。〔註7〕

〔註6〕陳廷焯，《白雨齋詞話》，卷五，詞話叢編本，頁3917。
〔註7〕龍沐勛，〈兩宋詞風轉變論〉，收入《中國文學史論文選集》，羅聯添

　　詞發展至柳永，他不僅擴大了詞的領域，而且展出另一種形式——慢詞，方回詞風受其影響至鉅，茲分兩方面闡述如下：一爲柳永以善於鋪敍之筆，幽俏清渾之詞，寫羈旅行役之感，風格清和朗暢，方回寫羈旅之感，風格皆襲自耆卿。如：

〈雨霖鈴〉　　柳永

　　寒蟬淒切。對長亭晚，驟雨初歇。都門帳飲無緒，留戀處、蘭舟催發。執手相看淚眼，竟無語凝噎。念去去、千里煙波，暮靄沈沈楚天闊。　　　　多情自古傷離別。更那堪、冷落清秋節。今宵酒醒何處，楊柳岸、曉風殘月。此去經年，應是良辰好景虛設。便縱有千種風情，更與何人說。

〈石州引〉　　賀方回

　　薄雨收寒，斜照弄晴，春意空闊。長亭柳色纔黃，倚馬何人先折。煙橫水漫，映帶幾點歸鴻，東風銷盡龍沙雪。猶記出門時，恰如今時節。　　　　將發。畫樓芳酒，紅淚清歌，便成輕別。回首經年，杳杳音塵都絕。欲知方寸，共有幾許新愁，芭蕉不展丁香結。枉望斷天涯，兩厭厭風月。

此二詞無論在語言、情感、風格上皆極相似，而方回之刻意學柳乃昭然若揭。惟耆卿平鋪直述，雖自然推展出情思，但終嫌過於率直，意義較欠曲折變化。方回詞雖無柳之蒼渾，但却鋪敍縝密，更形婉轉。即以結尾數句爲例，耆卿雖有不盡之情意，然仍出以直致曰：「此去經年，應是良辰好景虛設。便縱有千種風情，更與何人說。」而方回「欲知方寸，共有幾許新愁，芭蕉不展丁香結。枉望斷天涯，兩厭厭風月」則以詩人之句融入其中，造語新奇而餘意無窮，較諸柳詞更爲縝密深婉，近人吳梅曰：「北宋詞家以縝密之思，得遒鍊之致者，惟方回與少游耳。」〔註8〕實非過譽。東山詞中其他如〈宛溪柳〉、〈更漏子〉「芳草斜暉」風格均似此。

　　二爲耆卿一反香草美人的花間深婉傳統，而以一種不具倫理道德

編，頁1408。
〔註8〕吳梅，《詞學通論》第七章，〈概論二〉，頁77。

意識，不具知性回思的寫實態度，大膽的寫下男女情愛，創出側艷綺靡的風格。方回有一小部分的詞可明顯看出是受耆卿此影響者。如：

〈曲玉管〉　柳永

隴首雲飛，江邊日晚，煙波滿目憑闌久。一望關河蕭索，千里清秋。忍凝眸。杳杳神京，盈盈仙子，別來錦字終難偶。斷雁無憑，冉冉飛下汀洲。思悠悠。　　暗想當初，有多少，幽歡佳會，豈知聚散難期，翻成雨恨雲愁。阻追游。每登山臨水，惹起平生心事，一場消黯，永日無言，卻下層樓。

〈斷湘絃〉　賀方回

淑質柔情，靚妝艷笑，未容桃李爭妍。紅粉牆東，曾記窺宋三年。不問雲朝雨暮，向西樓南館留連。何嘗信，美景良辰，賞心樂事難全。　　青門解袂，畫橋回首，初沈漢佩，永斷湘絃。漫寫濃愁幽恨，封寄魚箋。擬話當時舊好，問同誰，與醉尊前。除非是，明月清風，向人今夜依然。

此二詞前者由外在淒冷秋景引出，後者女子溫柔淑靚勾起，皆在追憶過往的一段雲雨歡會，二詞造語、言情，丰神相似，雖自然流暢，但詞格不高，而方回之效耆卿之綺靡可見。惟〈曲玉管〉在樂章集中仍屬含蓄，柳詞中十之七八則皆如〈菊花新〉：

欲掩香幃論繾綣。先斂雙蛾愁夜短。催促少年郎，先去睡、鴛衾圖暖。　　須臾放了殘鍼線。脫羅裳、恣情無限。留取帳前燈，時時待，看伊嬌面。

此類作品，為下層市民興趣而作，粗鄙淫穢，極閨幃媟褻之至。而方回詞中所能找到的狎媟語也只有如：

背燈偷解素羅裳，粉肌和汗自生香。(〈浣溪沙〉)

便翡翠屏開，芙蓉帳掩，與把香羅偷解。(〈薄倖〉)

長記合歡東館夜，與解香羅掩繡屏。(〈醉瓊枝〉)

其他則皆如：

回首笙歌地，醉更衣處長相記。(〈惜雙雙〉)

> 柳花飛度畫堂陰，只憑雙燕話春心。(〈浣溪沙〉)
>
> 心事向人猶覥覥，強來窗下尋紅線。(〈蝶戀花〉)
>
> 有時呢語話如今，侵窗冷雨燈生暈，淚濕羅帴楚調吟。(〈思越人〉)
>
> 纓桂寶釵初促席，檀膏微注玉杯紅，芳醪何似此情濃。(〈浣溪沙〉)

此類詞句，婉約含蓄而毫不淺露。有時甚至還能勾起人純美之感，如〈望湘人〉：

> 厭鶯聲到枕，花氣動簾，醉魂愁夢相半。被惜餘薰，帶驚賸眼。幾許傷春春晚。淚竹痕鮮，佩蘭香老，湘天濃暖。記小江，風月佳時，屢約非煙遊伴。　須信鸞絃易斷。奈雲和再鼓，曲終人遠。認羅韈無蹤，舊處弄波清淺。青翰棹艤，白蘋洲畔。儘目臨皋飛觀。不解寄、一字相思，幸有歸來雙燕。

此詞緬懷過往繾綣情思。首以鶯聲、花氣的盛麗之藻引出魂夢牽繫的伊人，下寫艷情只輕拈「被惜餘薰」，含蓄婉約。「淚竹痕鮮」一句則用舜之二妃於舜死後，淚洒斑竹的典故，[註9] 暗指自己於伊人離去後的淒然。末以「記小江、風月佳時，屢約非煙遊伴」二句輕輕道出昔日歡愉之情。下片續寫今日孑然的哀傷，寫舊情卻由攜手共遊處著墨，用筆輕倩不著痕迹。末句在燕歸中猶存相見的希望，流露款款思憶之情。全詞雖寫艷情卻予人淒美真摯之感，而無輕浮之弊，意致濃腴，展轉不盡，實得騷辯之餘韻。

　　由以上諸例可看出，賀詞雖有部分受柳影響，而有輕浮之語，但大致而言，賀詞仍較柳詞深婉。之所以有這種差別，主要來自於個人面對生命感受態度的不同。有些人慣於以感官去感受，而另有一種人則習以心靈去感受，柳永正屬前者，因而他對於兩情並肩攜手、相悅

〔註9〕《博物志》卷八云：「堯之二女，舜之二妃，曰湘夫人。舜崩，二妃啼，以涕揮竹，竹盡斑。」

相知的情愛只以感官去感受,是以感受到的只是身體上的雙手、雙肩,故其詞予人以淺俗淫褻之感。方回則屬後者,他以心靈去感受,故感受到的是一種精神上的深合密契,故即使寫艷情亦深婉綿麗而無纖佻之病。

詞至蘇軾,風格大變,他以個人的氣俗、情性注入詞中而展現出雄放豪縱的風格。如〈念奴嬌〉:

> 大江東去,浪淘盡,千古風流人物。故壘西邊,人道是,三國周郎赤壁。亂石崩雲,驚濤拍岸,捲起千堆雪。江山如畫,一時多少豪傑。　　遙想公瑾當年,小喬初嫁了,雄姿英發。羽扇綸巾,談笑間,強虜灰飛煙滅。故國神遊,多情應笑我,早生華髮。人生如夢,一樽還酹江月。

此詞表達深悟歷史興廢、人生如夢的豪氣,全詞自然放縱,天然超妙,予人「天風海雨逼人」(《老學庵筆記》)之感,無其氣度襟懷者不能至此。方回為北宋詞壇上差可接武東坡豪放的一大家。而方回之所以有這種雄放豪縱的詞風,與其說是與東坡交遊、蘇門四學士相善後,〔註10〕對東坡揭竿而起、一振詞風於纖弱柔婉的一種附和,但方回的個性本具有豪邁處,毋寧說是造成這種風格更重要的一個因素(詳第一章)。正如田同之《西圃詞說》所說:「塡詞亦各見其性情,性情豪放者,強作婉約語,畢竟豪氣未除;性情婉約者,強作豪放語,不覺婉態自露。」〔註11〕也就是性情才是決定詞風豪婉的關鍵。正因如此,故同樣是處在東坡改革詞風的風潮下,而蘇門四學士亦謹有晁無咎一人得蘇之風格,而有「摸魚兒」〔註12〕一類雄放豪縱之作。其他如秦

〔註10〕方回與東坡之交遊,文獻可考者惟其所著之《慶湖遺老集》,集中卷二有〈登黃樓有懷蘇眉山〉、卷六〈題彭城南臺寺蘇眉山詩刻後〉、拾遺〈聞蘇眉山謫守英州作〉。與四學士中之張耒、黃庭堅相善,史料可佐者,如《黃山谷詩集》卷十八〈寄賀方回〉詩:「少游醉臥古藤下,誰與愁眉唱一盃;解作江南斷腸句,只今唯有賀方回。」張耒《張右史集》卷五一〈賀方回樂府序〉。

〔註11〕詞話叢編本,頁 1485～1486。

〔註12〕全詞引錄于下:「買陂塘、旋栽楊柳,依稀淮岸湘浦。東皋雨足新痕

觀、黃庭堅、張耒，則因性情不相近，故均未能接續發揚東坡詞風，秦觀甚至讓東坡有「不意別後，公竟學柳七作詞！」(《高齋詩話》)之歎，可見詞風與性情乃相輔相成，實強求而不可得也。是以筆者認爲方回詞中這類具豪放風格的詞應該說是其自身性格、氣度，配合時代風潮後，自然凝鑄而成的。以下茲舉〈蕙清風〉一闋爲例如下：

> 何處最悲秋，淒風殘照。臨水復登山，莞然西笑。車馬幾番塵，自古長安道。問誰是，後來年少。　　飛集兩悠悠，江濱海島。乘雁與雙鳧，強分多少。傳語酒家胡，歲晚從吾好。待做箇，醉鄉遺老。

此詞與前引之蘇詞相較，同爲表達對歷史的感受。方回的「自古長安道，問誰是後來年少」與東坡之「大江東去，浪淘盡，千古風流人物」正有異曲同工之妙；「傳語酒家胡，歲晚從吾好，待做箇醉鄉遺老」正似「人生如夢，一尊還酹江月」。但賀詞終不及蘇之奔騰肆逸，一瀉千里。賀詞中，其他如〈水調歌頭〉、〈臺城柳〉、〈凌歊〉、〈六州歌頭〉、〈行路難〉、〈將進酒〉(前俱引)，豪放處均逼近蘇詞，而意境亦極開濶，惟賀方回由於本身之氣度、際遇均未及蘇，故在豪放之中仍暗含流年飛逝、一事無成的傷感，而無東坡之全然宕達；故其詞終乏超然渾成。然而由於方回亦本其情性入詞，故詞亦極厚而無豪放詞人之多率易之失。況周頤云：「填詞以厚爲要恉。蘇、辛皆極厚，然不易學，或不能得其萬一，而轉滋流弊，如靐率、叫囂、瀾浪之類。東山詞亦極厚，學之卻無流弊，信能得其神似，進而門蘇、辛堂奧，何難矣！」〔註13〕況氏這段話一方面肯定方回豪放詞的成就，一方面將賀、蘇並列，謂賀詞爲學蘇詞之門徑，可謂深諳賀、蘇豪放詞的差異，實極具特識之論。

> 漲，沙嘴鷺來鷗聚。堪愛處。最好是、一川夜月光流渚。無人自舞。任翠幕張天，柔茵藉地，酒盡未能去。青綾被，休憶金閨故步。儒冠曾把身誤。弓刀千騎成何事，荒了召平瓜圃。君試覷。滿青鏡、青青鬢影今如許。功名浪語。便作得班超，封侯萬里，歸計恐遲暮。」

〔註13〕況周頤，《歷代詞人考略》。

　　以上我們將方回詞放在詞發展的脈落中觀察，明顯的發現，方回詞的風格正如張耒所說：「夫其盛麗如游金張之堂，而妖冶如攬嬙施之袪，幽潔如屈宋，悲壯如蘇李。」〔註14〕具有多樣的風格，而這多樣的風格事實上可用婉約、豪放涵蓋之。就婉約的風格而言，他承繼晚唐五代花間、陽春一脈而來，兼取飛卿的富麗穠艷，正中的寓悲淒於穠麗，並繼小山而後努力提升小令的風格，蘊出沉鬱悲涼的詞風，有時亦能超乎花間而有清婉及華艷中的清剛之氣之風格。此外又能得柳永之清和朗暢、側艷綺靡，雖無其蒼渾，卻能去其早俗而極深婉之至。就豪放的風格而言，他得端已的清簡直致、直率沉鬱，東坡的雄放豪縱，雖不及其超然絕詣，然亦無率易之失。換言之，他一方面因襲深厚的傳統，一方面又能隨自己的情性，取擇眾家之長而去其短，融滙成自己的風格。不僅注重音律、精鍊字句、言情深婉、措辭雅正，「欲兼取眾家之長以建立詞之正體」，〔註15〕爲南宋格律古典派的先鋒；另外由於情性所近，對於詞之變體的豪放風格也多所創作。方回這種兼具豪放、婉約之風的特色，在宋詞中除東坡外，幾無第二人能若此，因而極爲出眾，而不容輕忽。近人薛礪若只將方回列爲艷冶一派，〔註16〕實未深識方回者也。

〔註14〕張耒，《張右史集》卷五一，〈賀方回樂府序〉。

〔註15〕葉師慶炳，《中國文學史》，下冊，頁43。

〔註16〕薛礪若，《宋詞通論》，頁126，〈艷冶派的賀鑄〉一節。

第五章　賀方回詞譽之升沉及平議

　　文學批評本難有一客觀的標準存在，正如《文心雕龍》所說：「慷慨者逆聲而擊節，醞藉者見密而高蹈，浮慧者觀綺而躍心，愛奇者聞詭而驚聽，會己則嗟諷，累我則沮棄，各持一隅之解，欲擬萬端之變，所謂東向而望，不見西牆也。」（〈知音篇〉）隨著評論者本身主觀的喜惡，往往使同一作品卻遭致迥異的評價。甚至，同一評論者，由於早年與晚年的評論觀點發生重大的改變，其對作品的評價也自然不同。因此，如果把一個作家放在歷史長流中來觀察，我們往往發現其聲譽總是升沉不定，前代方譽之若天上月輪，至後朝即毀棄之如糟粕蔽屣。甚者，即便同一時期，也有天上人間截然歧異之評，論者往往各據偏執於一隅，以致造成對一個作家評價的偏頗。基於此，筆者在前面數章對方回詞作本身的探討後，擬在此章將後世對方回評價之升沉作一述評，適時的加以辨析評斷，以期更客觀的貞定方回在文學史上的地位。

　　宋代對方回的評價，大抵皆為稱譽之詞，如張耒〈賀方回樂府序〉云：

　　　　賀方回……樂府高絕一世。……是所謂滿心而發，肆口而成，雖欲已焉而不得者。若其粉澤之工，則其才之所至，亦不自知也。〔註1〕

〔註 1〕《張右史集》，卷五一。

王灼《碧雞漫志》云：

> 前輩云：離騷寂寞千年後，戚氏淒涼一曲終，戚氏柳柳所
> 作也，柳何敢知，世間有離騷，惟賀方回、周美成時時得
> 之。〔註2〕

魏慶之《詩人玉屑》云：

> 賀方回妙於小詞，吐語皆蟬蛻塵埃之表。〔註3〕

李清照《詞論》則毀譽兼之，云：

> 乃知詞別是一家，知之者少。後晏叔原、賀方回、黃魯直
> 出，始能知之。……賀苦少典重。〔註4〕

在這些論評中，由於清照《詞論》本身自成一完整的體系，可代表北
宋末期大多數人對詞的見解與要求，清晰的看出方回在北宋所獲得的
評價，故先予以討論。

李清照對方回的評論包括譽、毀兩方面，譽意謂其能知「詞別是
一家」，毀乃指其「少典重」。而欲明瞭其毀譽背後的意義，首須掌握
其立論的基礎。北宋末期文士們強調「尊體」之說，訕笑東坡「以詩
為詞，如教坊雷大使之舞，雖極天下之工，要非本色。」（陳師道，《后
山詩話》）清照《詞論》是這一風潮影響下的產物，這篇短小精悍的
詞論，一般公認為其早期的作品。〔註5〕「詞別是一家」是整篇詞論
的重點，「別是一家」意謂詞乃異於詩、文之體，創作詞絕不能以作
詩、文的作法為之。至於「別是一家」的特質，則可由其對詞人的評
騭歸納而得：

一、協樂：詞當分別五音、六律、清濁輕重，評晏殊、歐陽修，
蘇軾詞「皆句讀不葺之詩耳，又往往不協音律者。」

二、渾成：評張先諸家「有妙語而破碎」。

〔註2〕王灼，《碧雞漫志》，卷二，詞話叢編本，頁34。

〔註3〕魏慶之，《詩人玉屑》，卷二〇，詞話叢編，頁159。

〔註4〕《苕溪漁隱叢話後集》，卷十三引。

〔註5〕何廣棪、俞正燮、夏承燾、郭紹虞、洪昭……等，均謂詞論乃清照
早期之作品。

三、新巧：讚李煜詞之「語雖甚奇」。

四、高雅：評柳永「辭語塵下」。

五、典重：評賀方回「少典重」。

六、鋪敍：評晏茂道「無鋪敍」。

七、故實：評秦觀「專主情致而少故實」、黃庭堅「尚故實而多
　　　　疵病」。

　　除第一項是針對詞的音樂性而來以外，其他均是針對詞的藝術表現技巧、內容、風格而來。總括而言，清照以爲「詞別是一家」之說，具有兩個意義：一爲詞以協樂爲主，與詩、文異趣，詩、文僅分平仄，而詞分五音、六律、清濁、輕重。一爲詞須稱體，〔註6〕它的藝術表現方式、內容、風格均異於詩、文。它的辭語必須新巧、高雅，結構必須渾成，內容、風格、貴典重，且宜多用故實及鋪敍手法。

　　基於這既要協樂，又要稱體的衡量標準，清照展開對歷代詞人的評價，對方回，她一方面稱譽其知詞乃「別是一家」，即肯定其在協樂、稱體上的成就，而另一面卻又對方回在稱體中「典重」一條不甚滿意。關於稱譽的部分，在本論文第三章已詳論過，不論在遣辭造句韻律節奏、章法結構方面，方回均能掌握適切，清照此評確乎不假。然而，關於「少典重」，則筆者以爲有待商榷，首先，「典重」二字事實上不僅僅是對用典的要求，它包括對內容、風格的要求，「典重」意謂作詞必須用足以展現個人思想、情感之有深度、厚重的典故，如此詞才算有內容，而且「端莊穩重」〔註7〕的風格。這種對稱體的要求，若與清照對東坡的評語比併而觀就更明顯了，她評東坡云：「作

<hr>

〔註6〕「稱體」一詞乃借用清謝章鋌語，謝氏於所著《賭棋山莊詞話》卷
　　　　八首先提出此二字曰：曲者有音、有情、有理。……予謂詞亦如是。
　　　　高下疾徐，抗墜抑揚，音之理也。景地物事，悲歡去就，情之理也。……
　　　　理具而後文成也。然而文則必求稱體，詩不可以似詞，詞不可以似
　　　　曲，詞似曲則靡而易俚，似詩則矜而寡趣，均非當行之技。吾請於
　　　　音、情、理之外，益之曰：有文。

〔註7〕洪昭，《李清照詞論》。

為小歌詞，直如酌蠡水於大海，然皆句讀不茸之詩爾，又往往不協音律。」只批評其不懂詞須協樂，但並未詳其稱體上的缺失，可見清照並不反對東坡開闊詞境的主張，而「少典重」正是相對於東坡的雖不合樂但卻夠典重而來，以指責方回用典不夠厚重，內容、風格有「輕佻浮蕩」〔註8〕之弊。

當然，清照謂其用典不夠高雅、厚重，確乎有一半的正確性。然而，正如前章（第三章）所述，其詞中亦不乏以厚重之典故表達對歷史的省思、自身際遇的悲歡（詳第三章），此其一。且就詞的本質而言乃「文小、質輕、徑狹、境隱」，〔註9〕其內容本適宜寫兒女柔情這類人類之基本情調，當然少用典故，而即使用典，也盡是如〈高唐賦〉一類不夠雅重之典，因而不僅方回，就連清照本人用典也難脫此評，如其用典最多的一闋詞「多麗」，〔註10〕此詞上片連用六典，但皆是如貴妃醉酒、孫壽愁眉、韓掾偷香、徐娘傅粉〔註11〕一類輕佻之典，

〔註8〕同註7。

〔註9〕繆鉞，《詩詞散論》，〈論詞〉一文。

〔註10〕全詞引錄如下：「小樓寒，夜長簾幕低垂。恨蕭蕭、無情風雨，夜來採損瓊肌。也不似、貴妃醉臉，也不似，孫壽愁眉。韓令偷香，徐娘傅粉，莫將比擬未新奇。細看取，屈平陶令，風韻正相宜。微風起，清芬醞藉，不減酴醾。漸秋闌、雪清玉瘦，向人無限依依。似愁凝、漢皋解佩，似淚洒、紈扇題詩。朗月清風，濃煙暗雨，天教憔悴度芳姿。縱愛惜，不知從此，留得幾多時。人情好，何須更憶，澤畔東籬。」

〔註11〕貴妃醉臉典出松窗雜錄：「太和、開成中，有程脩己者，以善畫得進謁。脩己始以孝廉召入籍，故上不甚以畫者流視之。會春暮，內殿賞牡丹花。上頗好詩，因問脩己曰：『今京邑傳唱牡丹花詩，誰為首出？……天香夜染色，國色朝酣。』上聞之，嗟賞移時。楊妃方恃恩寵，上笑謂賢妃曰：『妝鏡臺前，宜飲以一紫金盞酒，則正封之詩見矣。』」。孫壽愁眉典出《後漢書》〈梁冀傳〉：「妻孫壽，色美而善為妖態，作愁眉、啼妝、墮馬髻、折腰步，齲齒矣，以為媚惑。」。韓令偷香典出《世說新語》〈惑溺〉第三十五：「韓壽美姿容，賈充辟以為掾。每聚會，賈女於青璅中看見壽，說之，……壽聞之心動，遂請婢修音問，及期往宿。壽蹻捷絕人，踰牆而入，家中莫知……後會諸例，聞壽有奇香之氣。」。徐娘傅粉疑何郎傅粉之誤，典出《世說新語》〈容止〉第十四：「何平叔（晏）美姿儀，面至白。魏明帝

甚至秦觀、黃庭堅亦然，此其二。另外，就風格上而言，方回雖受柳
部分影響，而坐輕佻之失，但這些作品在其詞中微乎其微，其大多數
詞風皆深婉（詳第四章）；此其三。由這三點看來，清照獨謂其「少
典故」實有未妥，而其詞亦不乏足當「典重」之譽者可知。

　　其次，王灼謂其與周美成並稱，也給予方回極高的評價，甚至認
為賀詞可上躡離騷而曰：「世間有離騷，惟周美成、賀方回時時得之。」
王氏之所以有這種評價，主要導源於詞流入士大夫手中後，欲推尊詞
體，提高其地位的觀念所致。他認為詞的遠祖為舜、禹以來的南風、
卿雲諸歌，又引詩大序：「正得失，動天地，感鬼神，莫近於詩。」
欲推尊可以合樂的歌詩，並推衍到詞曰：「古歌變為古樂府，古樂府
變為今曲子，其本一也。」想要用這種全新的觀念來提升詞的地位。
基於此，因而他特別推重把士大夫的情意納入小詞中的作者，對於為
歌詞「指出向上一路，新天下耳目」的東坡自然極為欽服。方回詞既
然在內容上受東坡改革詞體的影響，而把自己的性情、懷抱納入詞
中，極合乎王氏對詞的要求，故不止一次的謂其「語意精新，用心甚
苦」。但王氏又謂其上續離騷，顯然是由於過度囿限於尊體的觀念而
來的過譽之詞。而如果我們把《碧雞漫志》當作是晚清常州一派推尊
詞體的先聲，無疑的，王氏此評已隱約的埋下了晚清常州派風潮下，
方回詞再次被讚賞的因子了。

　　至元代，一方面由於處在異族統治下，所發表的言論、抒情的詩
詞，自不能無所避忌；一方面由於蒙人初入中原，僅能了解漢人俗語，
不諳典雅詩詞，故文學士大夫為避禍乃提倡語體散曲，於是創作詞者
甚少。相對的，在詞的詮釋、評價上極不發達，詞論著作岑寂蕭條，
是以在元代無人對方回詞有任何評價。及明，一則因曲流行於民間；
一則因明代擬古主義盛行，提倡文學復古，極倡文必秦漢、詩必盛唐
之說，普遍看不起宋以後的作品，詞更被彼輩視若雕蟲小技，是以詞

───────────────────────

　　疑其傅粉。正夏月，與熱湯麵，既噉，大汗出。以朱衣自拭，色轉
　皎然。」

衰落不堪，〔註12〕詞論也相對走入頹勢，即使有論者，然皆患「輕率不精」之病。〔註13〕是以，元明時，方回的詞譽像所有其他詞人的命運一樣，在客觀環境、背景下，墜入前所未有的低落期。

有清一代，堪稱詞之中興期，詞學蓬勃發展，嵇哲曰：

> 二百八十年中，作家之盛，直比兩宋，而門戶派別，頗不相同。各遵所尚，各具風采，婉約餘韻，豪放遺音，一時盛行，並世重見；浙西常州，各樹旗幟，爭奇競巧，分主詞壇。誠可謂極盛時期。〔註14〕

可見當時詞壇之盛況。而論詞者大抵皆根柢深厚，務造精深，在詞論上灼見時出，或自成一家之言，或秉承師法而後出轉精，紛紜之說如雲天翻騰。因而，對方回之評價升沉毀譽，靡不俱全，然而亦譽多於毀。茲分譽、毀兩方面論述如下。譽之者如劉熙載《詞概》云：

> 叔原貴異，方回瞻逸，耆卿細貼，少游清遠，四家詞趣各別，惟尚婉則同耳。〔註15〕

杜文瀾《憩園詞話》云：

> 其下語雅麗，用韻精嚴，為北宋一大家。〔註16〕

田同之《西圃詞說》云：

> 華亭宋尚木微璧曰：吾於宋詞得七人焉，曰永叔秀逸，子瞻放誕，少游清華，子野娟潔，小山聰俊，易安妍婉。
> 〔註17〕

陳廷焯《白雨齋詞話》卷一云：

> 方回詞胸中眼中，另有一種傷心說不出處，全得力於楚騷，而運以變化，允推神品。

又云：

〔註12〕鄭師因百〈論詞衰於明曲衰於清〉一文，收入《景午叢編》上編。
〔註13〕王易，《中國詞曲史》，頁444。
〔註14〕嵇哲，《中國詩詞演進史》，頁285。
〔註15〕劉熙載，《詞概》卷四，詞話叢編本，頁3773。
〔註16〕杜文瀾，《憩園詞話》卷四，詞話叢編本，頁3035。
〔註17〕田同之，《西圃詞說》，詞話叢編本，頁1488。

> 方回詞極沉鬱，而筆勢卻又飛舞變化無端，不可方物，吾
> 烏乎測其所至。

又云：

> 即東坡、方回、稼軒……等似不必盡以沉鬱勝，然其佳處，
> 亦未有不沉鬱者。

又卷五云：

> 《蓮子居詞話》云：蘇之大、張之秀、柳之豔、秦之韻、
> 周之圓融，南宋諸老何以尚茲，此論殊屬淺陋，謂北宋不
> 讓南宋則可，而以秀豔等字尊北宋則不可。……至以耆卿
> 蘇張周秦並稱，而不數方回，亦爲無識。……江南賀老寄
> 興無端，變化莫測，亦豈出諸人下哉？……若耆卿詞不過
> 長於言情，語多淒秀，尚不及晏小山，更何能超越方回而
> 與諸家並峙千古也。

又卷七云：

> 方回筆墨之妙，真乃一片化工。

又云：

> 張文潛謂方回詞妖冶如…………，此猶論其貌耳，若論其
> 神，則如雲煙縹渺，不可方物。

陳氏更於卷八分唐宋名家流派爲十四體，將方回列爲一體，附毛滂、
晁无咎於其下，與溫庭筠、韋莊、馮正中、張先、秦觀、蘇東坡、周
美成、辛稼軒、姜白石、史梅溪、吳文英、張玉田等十三家並峙。方
回詞譽至此高漲到前所未及的顛峯境地。

　　在這些稱譽中，陳廷焯對方回最爲激賞，所予評價最高，而其批
評與晚清常州一派密切攸關，故在此予以討論。《白雨齋詞話》乃常州
一派推尊詞體，以比與寄託之義說詞，欲使詞上附風、騷之觀念影響
下的產物，爲陳氏欲繼張惠言、周濟之後，立意挽救浙派清空之失的
論著，其論詞首在「沉鬱」二字，而由於他以爲風騷是沉鬱極至表現
後的結果，故在自序中云：「本諸風騷，正其情性，溫柔以爲體，沉鬱
以爲用。」明白的指出沉鬱得諸風騷，風騷是體，沉鬱是用，約言之，

即以爲作詞當「本諸風騷，出諸沉鬱」。至於沉鬱者何，陳氏曰：

> 所謂沉鬱者，意在筆先，神餘言外，寫怨夫思婦之懷，寓
> 孽子孤臣之感，凡交情之冷淡，身世之飄零，皆可於一草
> 一木發之，而發之又必若隱若見，欲露不露，反復纏綿，
> 終不許一語道破，匪獨體格之高，亦見情性之厚。（卷一）
>
> 溫厚和平，詩教之正，亦詞之根本也。然必須沉鬱頓挫出
> 之，方是佳境，否則不失之淺露，即難免平庸。（卷七）

由這兩段話可知沉鬱包括三個條件：在詞的感情內容方面以忠厚溫和
爲貴，此其一。在表達技巧方面要「意在筆先，神餘言外」，以含蓄
寄託的手法表現，此其二。就作者而言，須有深厚的情性，此其三。

而陳氏以這三個條件來檢驗歷來詞人，其評論方回的重點有三：

一、方回詞胸中眼中另有一種傷心說不出處。

二、方回詞比興寄託、變化無端。

三、方回詞全祖風騷，極沉鬱。

在這些論評中，我們清楚的看到陳氏是如何高舉沉鬱頓挫、寄託
比興的準則來評斷方回，而認爲方回完全合乎沉鬱的標準。若就前面
各章、節的探討，由於方回本身具有眞摯深厚的情感，其一生又完全
在悒悒不得志的愁苦中度過，表現在詞裏，自然情蘊深厚，確實有著
深深的寄託，且其又多以含蓄深婉之筆出之，故極合乎陳氏沉鬱說的
要求，無怪乎陳氏爲之激賞不已，而屢爲其詞史上的地位抱屈。另外，
方回詞之風格具多樣性，不僅婉約，而且兼具豪放（詳第四章），以
沉鬱說詞，固然非常切合婉約一類的詞，但在表達技巧上，卻不適合
於豪放的詞，陳氏似乎已看出方回詞不可以沉鬱爲限，因而謂其「不
盡以沉鬱勝」，肯定了方回多方面的成就，這一點實具灼識而堪爲其
千古之知音。惟陳氏謂其詞「全得力於楚騷，而運以變化，允惟神品」，
這種稱譽用以指方回那些寄身世際遇之感懷，寓個人情思於其間的作
品固然極爲適宜，但誠如第二章第六節所述，方回詞亦不乏坊曲情懷
的展現，若謂這類舞榭歌臺傳唱之詞，也祖乎屈原自傳性的作品離

騷，則實有所不宜。故知此乃陳氏過份拘泥常州派尊體之說，而欲將詞體歸本風騷之觀念所致的過譽之論，實不足取。

　　杜文瀾謂其「下語雅麗，用韻精嚴」實非偏頗之論，筆者亦屢隨文述及，茲不贅言。另外，劉熙載、田同之則皆就其詞風格之一隅評論，或謂其贍逸，或謂其鮮清，亦只見其婉約之一格，於其豪放一類風格均未曾述及，故皆坐零碎不整、疏陋不精之失。

　　至於對方回詞不置好評者，惟劉體仁、王國維二人耳。劉體仁《七頌堂繹》云：

　　　惟片言而居要，乃一篇之警策，詞有警句則全首俱動。若
　　　賀方回非不楚楚，總拾人牙慧，何足比數。〔註18〕

王國維《人間詞話》云：

　　　北宋名家以方回爲最次，其詞如歷下新城之詩，非不華贍，
　　　惜少眞味。〔註19〕

首就劉氏之說，探討如下。劉氏抨擊方回顯然是針對其引詩入詞的用典中，直用一項而來（詳第三章第一節），認爲方回這些句子雖然可居一篇警策，使全篇爲之飛動增色不少，但可惜皆「拾人牙慧」，出於因襲模倣而非其自創，實無任何價值可言。然而筆者以爲當辨析三點如下：

　　一、文學創作不可能有不受過去任何影響而完全獨創的東西，因而襲用並不爲過，重要的是用得恰當與否，是否能達到「凡用舊合機，不啻自其口出」（《文心雕龍》〈事類篇〉）的化境。也就是我們「與其指責所有脫胎的詩，不如追問詩人是否改動他的『出處』以適合他自己的目的。」〔註20〕苟其能以意運辭，脫化古人詩句若自其口出，則雖熟語亦能新，死句亦能成活句。而覽觀方回用典如「梅子黃時雨」、「芭蕉不展丁香結」……等，雖皆由前人詩句變易

〔註18〕劉體仁，《七頌堂詞繹》，詞話叢編本，頁 628。
〔註19〕王國維，《人間詞話》，詞話叢編本，頁 4260。
〔註20〕James .J.Y. Liu, The Art of Chinese Poetry，頁 131。

而來，甚至不易一字入詞，但卻都能脫胎換骨，頓成新句，可見方回已能純熟使典，而發揮典故最大的效用。劉氏卻不察其實，而斷然以「拾人牙慧」四字欲否定方回在文字運用上的能力，顯非所宜。《蓮子居詞話》謂其「善於調度，正不以有藍本為嫌」〔註21〕方為的評。

二、《詞徵》曰：「賀方回長於度曲，掇拾人所棄遺，少加隱括，皆為新奇。」〔註22〕由於他具有如此超然絕卓的音樂造詣，故每喜隱括杜牧全首詩入律而成新曲，他這麼做只是站在一個音樂家的立場而希望詩能入樂，為人傳唱罷了，顯然非有意抄襲。劉氏不讚賞其化舊作為可歌之詞的音樂才能，反而謂其「拾人牙慧」可乎？況王阮亭曰：「賀東山之秋盡江南草未凋，皆文人偶然遊戲，非向樊川集中作賊。」〔註23〕既為遊戲之作，又何可以此病諸方回？

三、北宋諸詞家皆不避諱引用前人詩句入詞，後人更有「詞中佳語多從詩出」〔註24〕的說法，可見引用前人或句入詞在當時實為一種風潮。如晏同叔的「長於春夢幾多時，散似秋雲無覓處」（〈木蘭花〉）即用白居易「來如春夢無多時，散以秋雲無覓處」（〈花非花〉）。晏小山的「落花人獨立，微雨燕雙飛。」（〈臨江仙〉）則全本五代翁宏〈春殘詩〉。周邦彥「事與孤鴻去」（〈瑞龍吟〉）一句用杜牧〈題安州浮雲寺樓寄湖州張郎中詩〉，「鳥度屏飛裏」（〈蕎山溪〉）一句出李白〈清溪行〉詩，周邦彥更因而有「多用唐人詩語隱括入律，渾然天成」（《直齋書錄解題》）的美譽。甚至蘇東坡的〈洞仙歌〉全首隱括孟昶的〈玉樓春〉，〈定風波〉隱括杜牧的〈九日齊山登高〉詩。〔註25〕可見當時

〔註21〕吳衡照，《蓮子居詞話》卷一，詞話叢編本，頁2367。

〔註22〕張德瀛，《詞徵》卷一，詞話叢編本，頁4083。

〔註23〕王阮亭，《花草拾蒙》，詞話叢編本，頁669。

〔註24〕同註23。

〔註25〕孟昶〈玉樓春〉：「冰肌玉骨清無汗。水殿風來暗香滿。繡簾一點月窺人，欹枕釵橫雲鬢亂。起來瓊戶啟無聲，時見疏星渡河漢。屈指西風幾時來，只恐流年暗中換。」

以詩句直用入詞，甚或檃括整首前人詩入詞是很普遍的現象，若獨以此而指斥方回「拾人牙慧」實甚不合理。

基於以上三點辯證，筆者以爲劉氏不惟未能褒揚其用典如化工之妙，渾融如己出的功力，賞識其高妙的音樂造詣，而反譏其「拾人牙慧」，其謬可謂甚矣！

接著探討王靜安先生的批評。其詆毀方回詞主要有兩方面：

一、其詞如歷下、新城之詩。而歷下、新城之詩據王氏於〈文學小言〉一文中所說：

> 宋以後之能感自己之感，言自己之言者，其唯東坡乎！山谷可謂能言其言矣，未可謂能感所感也。遺山以下亦然。若國朝之新城王漁洋，豈徒言一人之言已哉！所謂「鶯偷百鳥聲」者也。〔註26〕

乃意謂他們不能像蘇東坡一樣，「感自己之感，言自己之言」，只不過是「鶯偷百鳥聲」，一味模倣他人而無自己風格的作家。既然方回的詞似漁洋的詩，顯然靜安先生對其所不滿之處也在模倣。

二、非不嵂瞻、惜少眞味。

由於這兩個批評牽涉到王氏的批評理論，故在此先略闡述如下：

靜安評詞以「境界」，爲準繩，於《人間詞話》一開首即云：

> 詞以境界爲上，有境界則自成高格。

然而眞正直接道及「境界」一詞之涵義者唯：

東坡〈洞仙歌〉：「冰肌玉骨，自清涼無汗。水殿風來暗香滿。繡簾開，一點明月窺人，人未寢，欹枕釵橫鬢亂。起來攜素手，庭戶無聲，時見疎星渡河漢。試問夜如何，夜已三更，金波淡、玉繩低轉。但屈指、西風幾時來，又不道流年，暗中偷換。」

杜牧〈九日齊山登高〉詩：「江涵秋影雁初飛，與客攜壺上翠微，塵世難逢開口笑，菊花須插滿頭歸，但將酩酊酬佳節，不用登臨怨落暉，古往今來只如此，牛山何必淚沾衣。」

東坡〈定風波〉：「與客攜壺上翠微。江涵秋影雁初飛。塵世難逢開口笑。年少。菊花須插滿頭歸。酩酊但酬佳節了。雲嶠。登臨不用怨斜暉。古往今來誰不老。多少。牛山何必更沾衣。」

〔註26〕《靜庵先生文集》。頁51。

能寫眞景物眞感情者謂之有境界。

及〈清眞先生遺事〉中所云：

> 一切境界，無不爲詩人設。世無詩人，即無此種境界。夫
> 境界之呈於吾心而見於外物者，皆須臾之物。惟詩人能以
> 此須臾之物，鎔諸不朽之文字，使讀者自得之。遂覺詩人
> 之言，字字爲我心中所欲言，而又非我之所能自言，此大
> 詩人之秘妙也。〔註27〕

惟此兩段闡述「境界」之意均失之簡略、含混，葉嘉瑩先生由佛家的
「境界」一詞闡釋王氏「境界」之意，最爲精贍，其言曰：

> 凡作者能把自己所感知之『境界』（由眼耳、鼻、舌、身、
> 意六根所具備的六識之功能，而感知的色、聲、香、味、觸、
> 法等六種感受），在作品中作鮮明眞切的表現，使讀者也可
> 得到同樣鮮明眞切之感受者，如此才是「有境界」〔註28〕

由這裏可以看出王氏以爲形成作品有境界，在作者方面必須具有兩個
條件：一爲作者對其所寫之景物及感情須有眞切的感受。二爲作者須
有鮮明眞切的表達方式。換言之，不論就內容或形式而言，「眞」是靜
安先生理論品基礎所在。故就內容方面言，他認爲好的作品「其言情
也必沁人心脾，其寫景也必豁人耳目。」好的作家爲不需多閱世，須
保有眞淳的性情，如李後主是也。就表現形式方面，他深受叔本華〈論
風格〉一文中所說：「凡是具有明確思想或認識的人，都用直接方式把
他們表達出來，因此總是表現出明確清楚的觀念，他的作品不冗長乏
味、不含混、不模糊。」（《論文集》）之影響，故反對隸事、用典。曾
云：「人能於詩詞中不爲美刺投贈之篇，不使隸事之句，不用粉飾之字，
則於此道已過半矣。」（《人間詞話》）他以此境界說爲基準而展開對詞
人的評價，而以「隔」與「不隔」爲表達評價結果的術語。

　　明瞭王氏的境界說後，再來辨析其對方回的第一個批評。王氏反
模倣主要是針對方回詞中引詩入詞一類的作品而發，這正與劉體仁所

〔註27〕《王觀堂先生全集》，冊九，頁3685。
〔註28〕葉嘉瑩，《王國維及其文學批評》第三章。

謂「非不楚楚，惜拾人牙慧」同義，筆者已辨析如上，茲不贅言。至
於第二個批評謂其「少眞味」，「眞」誠如上述，乃王氏境界說的理論
基礎所在，故少眞味乃意謂方回一對其所寫的景物、感情沒有眞切的
感受。二對其作品不能作眞切的表達，即無境界可言，用靜安先生實
際批評時的術語即「隔」也。然而覽觀方回詞作，在內容上，不論是
對自己身世際遇之感懷，對時代環境之體認，或自我情性之抒發……
（詳第二章），無不是其眞性情之流露，王氏謂其不眞，不知何據？
且若姑不論方回性情之眞或不眞，以此作爲文學批評的標準實有待斟
酌。因爲「眞」或「不眞」完全受批評主觀意識所左右，王氏認爲其
不眞，但張耒卻謂其「滿心而發，肆口而成，不待思慮而工，……直
寄其意耳」（〈賀方回樂府序〉），況周頤則謂其「深於情也」，〔註29〕
可見以眞或不眞爲評斷，實不甚當。且一篇作品其情感的眞或不眞，
必得由作者的傳記資料比較作品中的表現而來，如此則造成以道德標
準爲文學衡量標準的謬誤，實非眞正的文學批評所當憑藉。其次，在
表達技巧方面，靜安反對用典、隸事等技巧，而方回既爲典型的婉約
派詞人，他善用間接婉轉的手法如用典、隸事以表達情思，這顯然違
王氏之說，但先生在《人間詞話》卷下則明白表示稼軒「賀新郎」詞
「語語有境界」，但觀稼軒此詞幾乎語語用典隸事，〔註30〕王氏對此
理論及實際批評之矛盾所作的解釋是：「然非有意爲之，後人不能學
也。」可見靜安先生反對的是沒有稼軒才情而不能化古人之典爲己之

〔註29〕況周頤，〈歷代詞人考略〉。
〔註30〕〈賀新郎〉云：「綠樹聽鵜鴂，更那堪、杜鵑聲住，鷓鴣聲切。啼到春
　　　歸無尋處，苦恨芳菲都歇。算未抵，人間離別。馬上琵琶關塞黑，更
　　　長門翠輦辭金闕。看燕燕、送歸妾。將軍百戰身名裂。向河梁回頭萬
　　　里，故人長絕。易水蕭蕭西風冷，滿座衣冠似雪。正壯士、悲歌未徹。
　　　啼鳥還知如此恨，料不啼清淚空啼血。誰伴我，醉明月。」此詞全首
　　　由典故組織而成，杜鵑啼血用蜀帝杜宇一事。馬上琵琶句用漢王昭君
　　　出塞事。長門句用漢武帝陳皇后失寵事。看燕燕二句出自《詩經》〈邶
　　　風〉燕燕篇，是衛莊姜送歸姜的故事。將軍三句用李陵事，易水三句
　　　用荊軻事，全首寫別恨共用七個典故，可謂極用典之能事。

境界的用典，這種用典將使作品晦澀難解、且造成無境界及隔的現象。而考諸方回，其才情橫溢，融鑄事典的能力也已如前章所述，若以此非之而謂其「少眞味」，殊甚不當可知。而如果硬要找出靜安先生對方回有如此評價的原因，則可能是指方回詞裏表達坊曲情懷的某些詞作如〈菩薩蠻〉：

> 粉香映葉花羞日。窗間宛轉蜂尋蜜。歡罷捲簾時。玉纖勻面脂。　舞裙金斗熨。絳襯鴛鴦密。翠帶一雙垂。索人題豔詩。

這類作品徒有炫麗的外表而內裏卻空洞乏味，毫無深情蘊藉之意，予人輕佻之感，謂其「非不華贍，惜少眞味」可謂極恰當。然而這畢竟是其中少又少的例外，由前面諸章的探討，我們已知方回在坊曲情懷上，也都能著重於女子心理的刻劃，在華麗耀眼的辭藻中注入更多的情感與生命，展現坊曲女子深摯眞誠的情懷。更甚者，他擅於將麗藻與憂傷結合，在矛盾的張力中突顯其內心沉沉的悲凄。（詳第三章第一節）靜安先生顯然未曾深究方回詞中深邃的一面，而僅承襲劉體仁「非不楚楚，惜拾人牙慧，何足比數」之說而率然下斷語，致使方回詞譽沉入有史以來最沒落的地位，豈不令人為之惋惜？

　　方回詞譽升沉起伏的情形已如上述。除李清照以協樂、稱體要求詞家，對方回褒貶兼言的求全責備之論，大抵極為中肯之外，其他的評者或失之零碎，如杜文瀾、劉熙載、劉體仁只針對方回詞的某一部分而置評，雖或有中的之論，然究失諸周全；或失之偏頗，如陳廷焯、王國維可說是典型的兩個極端，陳氏囿於常州派尊體之說而以「沉鬱」極推方回，謂其全祖風騷，實有過譽之嫌，王國維又囿於「眞」的理論基礎，要求作品全出以直致，相當主觀的認定方回「少眞味」，並罔顧其在音律、技巧上的成就，又有過毀之虞。而筆者以為透過以上這些評價及評價背後的意義之辨析，必可使吾人對歷代評者的過譽、過毀或疏陋之處了然於心，進而能以較客觀周延的態度奠定方回在文學史上應有的地位。

第六章 結 論

　　評定一個作家在文學史上的地位，必須從縱的歷史開創價值及橫的藝術價值兩方面着方。有些作家的成就偏於前者，有些則偏於後者，惟有真正劃時代的作家才能兩者兼具。首就縱的歷史開創價值而言，方回在詞史上並無任何特殊的開創意義。因為在他之前，已有柳永為詞開創新的形式，使詞由小令走向長調，在音律與格式上為詞注入新的生命力；又有蘇東坡為詞開創新的內容與意境，使詞不再拘限於兒女情思一類較狹隘的情感，進而可以展現生命中各種情思。而方回只不過繼承柳的形式、蘇的內容，在創作上結束小令而致力創作長調、擴張內容而已，並無開創之功，只有繼承之實。

　　而就藝術價值而言，其作品却極具意義，茲分三方面論述如下：

一、內　容

　　方回詞的內容繼東坡的開擴精神而來，展現了多樣化的特質。諸如：糾葛於理想與現實的掙扎中，人是如何的蒼白與無奈；瀕臨離亂的世代裏，生命勢將承載的哀思，執著於人間情愛的縷縷情愫；在人間種種的頓挫與波折中，自身是如何矛盾的欲貞定自己於山水田園之間；更在歷史流程的反省中，表達其對活在歷史洪流中的人間生命之感受；而即使是受大時代的影響而有的坊曲情懷，至少也反映了一群女子深情的一面，具有特殊的時代意義。這些內容較同期作家如秦

觀、周邦彥之只寫兒女情思、傷春別怨等，顯然有著極大的不同，可見方回乃繼東坡內容革新後，第一個最徹底的實踐者。他像東坡一樣是用一種新的詩體來作他的新體詩，謂其詞乃「詩人之詞」〔註1〕實無不可。

二、技　巧

　　他不僅在小令中屢創佳篇，而成為小令的後勁，更繼柳永而來，填作長調、自度新曲，其作品不論在遣辭造句、韻律節奏、章法結構方面，都極為出色，可以說是格律古典派的先鋒。尤其他的鍊字琢句影響吳夢窗甚深，如夢窗：

　　　　飛紅若到西湖底，攪翠瀾，總是愁魚。(〈高陽臺〉)

　　　　箭徑酸風射眼，膩水染花腥。(〈八聲過舟〉)

第一句將無情之物視為有情之物，無愁之物視為有愁之物，寫出一份人生無常的悲哀，與方回「蛩催機杼」一類的動詞運用相似，把物我交融合一，極為生動新奇。第二句「射」字寫出了風的速度，「膩」字不僅寫出當日吳宮美女濯妝之水，而且暗用杜牧〈阿房宮賦〉：「渭流漲膩，棄脂水也」之句，兼寓千古興己之感慨，與方回「六代浸豪奢」的「浸」字一樣，用筆深奇。無怪乎戈載謂其「運意深遠，用筆幽邃，鍊字鍊句，迥不猶人。」(《宋七家詞選》卷四) 而王易曰：

　　　　(方回) 其詞開後之四明一派。〔註2〕

周之琦曰：

　　　　雕瓊鏤玉出新裁，屈宋嬙施眾妙該，他日四明工琢句，瓣
　　　　香應自慶湖來。〔註3〕

王、周二氏由鍊字琢句的觀點來觀察方回，以其為吳夢窗一派的先導，實具灼識。

〔註1〕胡適，《詞選》頁7～8。
〔註2〕王易，《詞典史》，析派第五，頁181。
〔註3〕周之琦，《十六家詞選題辭》。

三、風　格

　　他上承花間、歐、晏，下啓南宋格律古典派，欲兼取眾家之長，建立詞之正體，又因個性所致，在變體方面亦多所創作，是以婉豪風格兼備。然惜才力、際遇、氣質均不及蘇，故雖有東坡之雄放豪縱而無其超然絕詣，有柳永之婉約綺靡，却無其卑俗輕浮。換言之，他兼取柳之形式而襟抱勝於柳，蘇之內容而聲律勝於蘇。就婉約派而言是格律古典派的先導，而就豪放派而言則是介乎蘇、辛之間的傳承者。

　　綜上所論，可知方回在詞的歷史開創上雖無特殊價值，但在藝術成就上却極富開創性，一方面爲詞注入多樣的內容，一方面又爲格律古典派的先導，更蔚成南宋四明詞派，這種成就實不容忽視。

參考書目舉要

甲、詞學類

本編以詞爲主，故別出詞學類置於首，餘分史、集、略仿四部

（一）詞　集

1. 《東山詞》一卷，賀方回，十名家詞集。
2. 《東山詞殘》一卷，賀方回，景刊宋金元明本詞四十種。
3. 《東山寓聲樂府》，賀方回，四印齋所刻詞。
4. 《東山殘》一卷（存卷上），賀方回，彊村叢書本。
5. 《賀方回詞》二卷附校記一卷，賀方回，彊村叢書本。
6. 《東山詞補》一卷，賀方回，彊村叢書本。
7. 《唐五代詞》，林大椿輯，世界書局。
8. 《花間集》，蕭繼宗評點，學生書局。
9. 《全宋詞》，唐圭璋輯，古新書局。
10. 《詞選》，張惠言，世界書局。
11. 《詞綜》，朱彝尊編，世界書局。
12. 《彊村叢書》，朱祖謀輯，廣文書局。
13. 《宋六十名家詞》，毛晉編，商務印書館。
14. 《宋四家詞選箋注》，鄺利安箋注，中華書局。
15. 《宋七家詞選》，戈載編，河洛圖書出版社。
16. 《宋詞三百首箋注》，唐圭璋選釋，中華書局。

17. 《唐宋名家詞選》，龍沐勛選，開明書局。

18. 《宋詞舉》，陳匪石編著，正中書局。

19. 《詞選》，胡適選註，商務印書館。

20. 《詞選》，鄭師因百選註，中國文化大學出版部。

21. 《詞選》，包師根弟選註，輔大文學院叢書。

22. 《東山詞箋注》，黃啓方箋註，嘉新水泥文化基金會。

23. 《淮海詞箋注》，包師根弟箋註，嘉新水泥文化基金會。

24. 《蘇門四學士詞》，世界書局。

25. 《李清照詞校註》，文源出版社。

（二）其他詞學專著

1. 《御製詞譜》，清聖祖勅撰，聞汝賢據殿印本縮印。

2. 《索引本詞律》，萬樹，廣文書局。

3. 《詞林正韻》，戈載，世界書局。

4. 《白香詞譜》，舒夢蘭，世界書局。

5. 《詞範》，嚴賓杜，中華叢書編審委員會。

6. 《詩詞曲作法研究》，王力。

7. 《彙集宋人詞話》，映庵，廣文書局。

8. 《碧雞漫志》，王灼，詞話叢編本（以下簡稱叢編本）。

9. 《詞源》，張炎，叢編本。

10. 《詞品》，楊慎，叢編本。

11. 《花草拾蒙》，王世禎，叢編本。

12. 《七頌堂詞繹》，劉體仁，叢編本。

13. 《雨村詞話》，李調元，叢編本。

14. 《靈芬館詞話》，郭麐，叢編本。

15. 《介存齋論詞雜著》，周濟，叢編本。

16. 《古今詞話》，沈雄，叢編本。

17. 《蓮子居詞話》，吳衡照，叢編本。

18. 《詞概》，劉熙載，叢編本。

19. 《白雨齋詞話》，陳廷焯，叢編本。

20. 《蕙風詞話》，況周頤，世界書局。

21. 《人間詞話》，王國維，叢編本。

22. 《清代詞學概論》，徐珂，廣文書局。

23. 《詞史》，劉子庚，學生書局。

24. 《詞曲史》，王易，樂天書局。

25. 《詞苑叢談》，徐釚，廣文書局。

26. 《詞林紀事》，張宗橚，木鐸出版社。

27. 《讀詞偶得》，俞氏，開明書局。

28. 《詩詞散論》，繆鉞，開明書局。

29. 《詩詞例話》，周振甫，長安出版社。

30. 《唐宋詞論叢》，夏承燾，宏業書局。

31. 《唐宋詞人年譜》，夏承燾，金圓出版社。

32. 《詞學研究》，胡雲翼，信誼出版社。

33. 《詞學通論》，吳梅，商務印書館。

34. 《詞學新論》，蔡德安，正中書局。

35. 《詞曲研究》，盧冀野，中華書局。

36. 《詞學新詮》，弓英德，商務印書館。

37. 《詞學》，梁啓勳，河洛圖書出版社。

38. 《詞論》，劉永濟，龍田出版社。

39. 《宋詞通論》，薛礪若，開明書局。

40. 《景午叢編》，鄭師因百，中華書局。

41. 《迦陵論詞叢稿》，葉嘉瑩，明文書局。

42. 《金元詞述評》，張子良，華正書局。

43. 《清詞金荃》，汪中，文史哲出版社。

44. 《歷代詞話敘錄》，王熙元，中華書局。

45. 《宋詞四考》，唐圭璋，學生書局。

46. 《詞籍考》，饒宗頤，香港大學排印本。

乙、史學類

1. 《續資治通鑑》，李燾，世界書局。

2. 《宋史》，脫脫等，鼎文書局。

3. 《新校本宋史紀事本末》，馮琦等。

4. 《宋史新編》，柯維騏，文海出版社。

5. 《宋史》，方豪，文化大學出版部。

6. 《宋史研究論集》，方豪等，文化大學出版部。

7. 《宋史試析》，林天蔚，商務印書館。

8. 《宋史研究論文與書籍目錄》，方豪，文化大學出版部。

9. 《宋代兩京市民生活》，龐德新，香港龍門書店。

10. 《國史大綱》，錢穆，商務印書館。

11. 《歐陽修的治學與從政》，劉子政，新亞學術研究所。

12. 《東京夢華錄》，孟元老，古亭書屋。

丙、文集、詩集

1. 《慶湖遺老詩集》，賀方回，四庫全書珍本。

2. 《文心雕龍註訂》，劉勰著、張立齋註訂，正中書局。

3. 《溫飛卿詩集》，溫庭筠，中華書局。

4. 《樊川詩集註》，馮集梧注，中華書局。

5. 《玉谿生詩集箋註》，李商隱，里仁書局。

6. 《蘇東坡全集》，蘇東坡，河洛圖書出版社。

7. 《張右史丞集》，張耒，四部叢刊本。

8. 《龜山集》，楊時，四部叢刊廣編本。

9. 《北山小集》，程俱，四部叢刊廣編本。

10. 《建康集》，葉夢得，清道光二十四年吳中重刊本、中研院史語所。

11. 《樂靜集》，李昭玘，四部備要本。

12. 《寶晉英光集》，米芾，藝文印書館影印本。

13. 《王觀堂先生全集》，王國維，文華出版社。

丁、近人論著

1. 《中國文學史論》，華仲麐，開明書局。

2. 《中國大文學史》，謝无量，中華書局。

3. 《中國文學研究》，西諦等，明倫出版社。

4. 《中國文學發達史》，劉大杰，華正書局。

5. 《中國文學史》，葉師慶炳，弘道文化事業公司。

6. 《中國文學欣賞舉隅》，傅庚生，地平線出版社。

7. 《文學論》，韋勒克著、王師夢鷗譯，志文出版社。

8. 《文學概論》，王師夢鷗，藝文印書館。

9. 《陳世驤文存》，陳世驤，志文出版社。

10. 《王國維及其文學批評》，葉嘉瑩，源流出版社。

11. 《藝術的奧秘》，姚一葦，開明書局。

12. 《美的範疇論》，姚一葦，開明書局。

13. 《詩論》，朱光潛，正中出版社。

14. 《中國詩學設計篇》，黃永武，巨流出版社。

15. 《中國詩學鑑賞篇》，黃永武，巨流出版社。

16. 《秩序的生長》，葉維廉，志文出版社。

17. 《中國詩學縱橫論》，黃維樑，洪範書店。

18. 《人間詞話研究彙編》，饒宗頤等，巨浪出版社。

19. 《文學研究法》，丸山學著、郭虛中譯，田園出版社。

20. 《艾略特文學評論集》，艾略特、杜國清譯，田園出版社。

21. 《抒情的境界》，中國文化新論文學篇一，蔡英俊編，聯經出版社。

22. 《意象的流變》，中國文化新論文學篇二，蔡英俊編，聯經出版社。

23. 《The Art of Chinese Poetry》，James J.Y.Liu，書林書局。

24. 《Major Lyricists of the Northern Sung》， James J.Y.Liu，敦煌書局。

戊、論文及期刊

1. 《詞學季刊》一、二、三卷，龍沐勛主編，學生書局影印本。

2. 〈詞學理論綜考〉，梁榮基，台大中文研究所。

3. 〈常州派詞學研究〉，吳宏一，台大中文研究所。

4. 〈白雨齋詞話研究〉，陳月霞，政大中文研究所。

5. 〈晚清詞論研究〉，林玫儀，台大中文研究所。

6. 〈淺論詞之「疏」「密」〉，林佐翰，《聯合書院學報》第 5 期。

7. 〈論北曲的襯字與增字〉，鄭師因百，《幼獅學誌》十一卷 2 期。

8. 〈賀方回詞探勝〉，翁一鶴，《文學世界》第 36 期。

附錄：歐陽修六一詞初探

大綱：

一、序言

二、歐陽修的生平

三、六一詞的風格

四、六一詞的情感世界——人生自是有情癡，此恨不關風與月

五、六一詞生命情調的抉擇——穩泛平波任醉眠

六、結論

七、參考書目、期刊

一、序 言

　　歐陽修是中國歷史上的一個奇蹟，他常常扮演著開創先鋒的角色，在政治上，他是北宋中期的改革家，曾參與過慶曆變法，同時獎掖後進，如三蘇及王安石都是他大力擢拔過的人才；在學術思想上，他更是一代宗師：經學方面，他大膽的從經文本身探討大義，並鼓勵自由討論的風氣，史學方面，他不僅自撰五代史，還標榜春秋褒貶之大法，文章方面，他是古文運動的大力推動者，使天下文章由佶曲聱牙重返清新古樸，詩歌方面，他更具承先啓後之功，不僅使西崑體武微，更擴大了宋詩的敘述題材、觀點和方法，[註1] 他在學術上的成就，正如楊東山所說：「歐陽公所以爲一代文章冠冕者，固以其溫純雅正，靄然爲仁者之言，粹然爲治世之音，然亦以其事事合體故也。如作詩便幾及李杜，作碑銘記序，便不減韓退之，作五代史記，便與司馬子長並駕，作四六，便一洗崑體，圓活有理致，作詩本義，便能發明毛、鄭之所未到，作奏議，便庶幾陸宣公」，[註2] 而由於這種認識，我們總以爲歐陽修該是道貌岸然的一代儒者，其詞章中深致迴環的情感世界，也往往在這種意識下，被我們忽略了，其實，他的詞「寫離情的是委婉纏綿，寫兒女之態的天眞、活潑，無不曲盡其妙，眞實自然，情韻無窮」，[註3] 眞正的表達了他溫柔敦厚的情性，鄭振鐸在《中國文學史》中說他的詞：「將他的道學面具全部卸下來了，他活活潑潑的，赤裸裸的將他的詩人生活表現在我們之前」，可算是深得歐詞之意了。

　　由他在政界、學界上的特殊表現及各家對其詞的評論，我們覺得他本身的多樣性是引人遐思的。他不僅以果斷的理性思辨馳騁政界、學界，更在詞章的國度裡，展現其豐碩的情感世界，透露出愜意悠遊的生命抉擇，他在感性和理性之間表現的那麼矛盾，卻又那麼和諧，

〔註1〕吉川幸次郎，《宋詩概說》。
〔註2〕羅大經，《鶴林玉露》卷二引。
〔註3〕劉大杰，《中國文學發展史》。

他的個性既是那樣剛強，他的詞卻又那麼溫婉，這種種矛盾與和諧，驅使著我們走入六一詞的國度裡，去探索這個謎樣的人物，本文正企圖從六一詞所表現的生命情調及情感世界去認識他，相信由這兩個尚未為人道的角度，必能捕捉住這位一代儒者，在嚴肅形象背後所隱藏的深邃而富靈動的一面。

二、歐陽修的生平

歐陽修字永叔，宋真宗景德四年（西元一○○七年）生於四川綿州，祖籍吉州永豐（江西永豐縣），他的父親歐陽觀為人「廉而好施與」，〔註4〕任軍事推官時，處理刑案總抱持著「求其生而不得，則死者與我皆無恨也」（同上）的仁者胸懷，母親鄭氏是賢淑的江南名媛，歐陽生在小康之家，是父親暮年喜獲的麟兒，又是雙親細心呵護的焦點，享受著一盈筐人間最可貴的親情，他該是最幸運的天之驕子了，然而，四歲，就在他仍是個懵然無知的髫齡稚子時，父親撒手而去，「無一瓦之覆，一壟之植，以庇而為生」（同上），從此他的童年籠罩著貧窮的陰影，幸而鄭太夫人「安節自誓……自力抄衣食」（同上），她堅信吾不能知汝之必有立，然知汝父之必將有後也」（同上），憑著這份對先夫的肯定與驕傲，歐母畫荻教子的事蹟，成了千年不朽的佳話，而歐公一生的成就也奠基於此。

歐陽修自幼讀書至勤，每每廢寢忘食，下筆如成人，叔父曾看過他的文章，而後對鄭夫人說：「此奇兒也，不惟起家以大吾門，他日必名重當世。」。〔註5〕

自仁宗天聖八年（二十四歲），憑著本身的努力與當時翰林學士胥偃的賞識，他開始步上仕途，在洛陽任西京推官期間，他結交了對他一生文學主張深具影響的梅聖俞和尹師魯，此時他不僅宦場得意，又值宴爾新婚，所有的幸運彷彿在一霎那間降臨，他喜不自勝的在筆

〔註4〕〈瀧岡阡表〉《歐陽修全集》卷二
〔註5〕〈歐陽發先公事蹟〉《歐陽修全集》附錄。

尖滑落著纖細深婉的情愫，在他爲歌妓所作的詞句中，我們更能感受
到他渾身洋溢著少年得意的豪氣及風流倜儻的情韻：

> 柳外輕雷池上雨，雨聲低碎荷聲，小樓西角斷虹明，闌干
> 私倚處，待得月華生。燕子飛來窺畫棟，玉鈎垂下簾旌，
> 涼波不動簟紋平，水晶雙枕，傍有墜釵橫。（〈臨江仙〉）

雖然他少年得志，到晚年也擔任過國家參知政事的行政首要，然
而就他一生的政治歷程而言，卻是曲折橫生，所以如此，主要是因爲
他「天性剛勁，見義勇爲」，〔註6〕每遇奸邪之臣，輒必勸諫主上明察，
在朝庭上，他知無不言，言無不盡的祖露其赤瞻忠誠，與大臣辯論朝
政則言簡而明，信而通，引物連類，折之於至理，以服人心，超然獨
鶩，眾莫能及」（同上），辯論到激烈處，即使面對的是私交其篤的韓
琦、富弼，也當仁不讓，英宗更曾當面說他：「參政性直，不避眾怨。
每見奏事時，或與二相公（韓琦、富弼）有所異同，便相折難，其語
更無回避。亦聞臺諫論事，往往面折其短。若似奏事時語，可知人皆
不喜也，今後宜少戒之。」，〔註7〕因著這種剛勁正直，嫉惡如仇的個
性，三十歲時，他不滿司諫高若訥的混淆是非，譴責其「不復知人間
有羞恥事」，〔註8〕而被貶夷陵（湖北宜昌）。

三十九歲，仁宗慶歷五年，又因參與慶曆變法時，攻擊反對派極
爲激烈。在變法失變後，成爲反對派反擊的核心，適此時「張甥案」
〔註9〕發，反對派趁機捕風捉影，空穴來風，他因而被責滁州（安徽

〔註6〕 《宋史》〈歐陽修傳〉。

〔註7〕 〈奏事錄獨對語〉《歐陽修全集》卷四。

〔註8〕 同註6。

〔註9〕 劉子健，《歐陽修的治學與從政》下編〈歐陽修與北宋中期官僚政治
的糾紛〉，頁210。張甥案：歐陽修有一妹嫁張龜正續弦，龜正僅有
一女，爲前妻所生，其後龜正卒，歐陽之妹無所歸，偕此孤女來歸
歐陽，及笄，嫁宗人歐陽晟，遽料張甥與僕通姦而下獄，因懼得罪，
乃誣引公與其未嫁之醜事，以求自免，時政敵錢明逸又乘機謂歐陽
盜甥之嫌顏重，歐陽堅決否認，參知政事賈昌朝乃命戶政判官蘇安
世再勘，及內供奉官王昭明監勘，歐陽仍否認，蘇、王察明而結此
案，乃限於張甥之通姦罪，而歐陽則坐「用張氏匬中物置田，立歐

滁縣），同年自號醉翁，此後歷知揚州（江蘇江都）、穎州（安徽阜陽）。

歐陽修於貶外十多年後，於仁宗至和元年入京覲見，仁宗一見面就「怪修白髮，問在外幾年？今年幾何？」〔註10〕有意再任用他，但此時政敵又製造誣證陷害他，〔註11〕幸賴其親家吳充及知諫院范鎮之辯護，而免於外貶，奉修新唐書。

嘉祐元年，奉使契丹返國，於次年權知禮部貢舉。以慶曆變法時所倡的古文爲選士之標準，痛抑險怪奇澀的文體，古文因而興盛，他也因而提拔了許多才俊之士。

嘉祐五年，進新修唐書二百二十五卷，因修書有功而官至戶部侍郎參知政事，這是他第一次擔任行政首長的重任，與韓琦、富弼並肩執政，造成了宋代嘉祐、治平的太平之治。

治平二年，因濮議一事復得罪眾人，因而成爲眾矢之的，歐陽修乃自求外放，而不幸在英宗治平四年，因「長媳案」出知亳州，〔註12〕後改知青州。

熙寧三年，自號六一居士，四年，在蔡州因健康情形不佳，多次上表告老，終於在當年六月，以觀文殿學士太子少師致仕歸穎，在穎州西湖，他飲酒賦詩，整理舊作，悠游自得，渡過了一年安閒的歲月，次年七月二十三日庚午病逝，享年六十六歲，這位白首老翁溘然而逝了。

陽氏券」之名，貶滁州。

〔註10〕李燾，《續資治通鑑》。

〔註11〕同註9，頁215。政敵懼其復用，有宦官楊永德者，陰求所以中修，適胡宗堯以官舟假人，宗堯連坐，及引對，修奏宗堯所坐薄，且更赦去官，於法當遷，楊永德乘機密奏曰：「宗堯翰林學士胡宿之子，有司援救之，私也。又謂其奪人主權，修坐是出守同州。」

〔註12〕「長媳案」：歐陽修第三任夫人之從弟薛宗孺坐舉官被劾，冀會赦免，而修乃言：「不可以臣故徼幸」，乞特不原，以故宗孺作免官，宗孺銜之特深，乃揚言歐陽與其長媳吳氏有曖昧行蹟，會劉瑾亦素仇家，乃騰其謗以語御史中丞彭思永，思永以語蔣之奇，此次控訴駭人聽聞，較諸張甥一案，尤爲嚴重，歐陽修立即杜門不出，連連上章明究此事，大臣唯吳充爲之辨，後案情明朗，彭思永、蔣之奇被貶。（同註4，頁249）

三、六一詞的風格

姚一葦先生曾對風格下過一個定義說：「一個時代的一般性或社會意識，與一個藝術家特殊性或個人意識，透過藝術品叩的形式與品質而形成的那一藝術家的世界。」〔註 13〕他並訂立了四種不同風格的對立形式，分別是時代與個人的對立，他把這四種對立看作是藝術品風格的四個支柱，四種邊界，以下茲就此四個角度，以一窺歐陽修六一詞的風格。

（一）自時代到個人

就時代而言，歐陽修處在宋太祖承平後五十年至南渡前五十年間，時值兵燹戰火洗禮後重建生機的階段，社會由穩定而漸趨繁華，人們有更多的餘暇宴享遊樂，昔日五代填詞之風遂重新瀰漫在宋代一片太平祥和的社會中，馮熙敘述當時的情況說：「宋初大臣之為詞者，寇萊公，晏元獻，宋景文，范蜀公與歐陽文忠……獨文忠與元獻學之既至，為之既勤」，〔註 14〕照常理而言，這些朝廷重臣是不會從俗而有旖旎之言的，然則為何他們都從俗了呢？這就得從作者的地位、行為、學術、以及當時的政治影響等各方面來看，大抵宋初士大夫階級的詞人們，他們都有著滿腹的經濟抱負及治國長才，但實際施行起來則每遇挫折，再加上原來統治者的內部不合者甚多，始終是黨同伐異，使有為之士不能久於其位，例如范仲淹、晏殊、歐陽修等皆是如此，而這些人「才智過人，情感未有不盛者，彼不得發於他文，又適有此一種文體便於抒寫，自可出其餘力以為之」，〔註 15〕換言之，在時代環境與文體本身的演變兩相配合之下，宋初詞壇頗能表現出王公卿相者真摯深邃的情感世界，而就在這種特殊環境下，歐陽修致力此道，將詞當成傳達情感的媒體，他更受到五代作家的影響，尤其是馮延巳，這與他的家鄉有關，蓋「江西為南唐屬地……故其詞風近於二

〔註 13〕姚一葦《藝術的奧秘》第十章論風格，頁 309。
〔註 14〕《六十家詞選注》序言。
〔註 15〕王易，《詞曲史》。

主、馮延巳，自有淵源」，〔註16〕而馮氏的風格有二，〔註17〕一為和淚試嚴妝，一為俊朗高致，就外表風格在色澤上的特色言，和淚即是哀傷，嚴妝即是濃麗，透過濃麗的色彩來表現哀傷，即為和淚試嚴妝，而就其意境而言，即是一方面有著如「嚴妝」般的濃烈的執著之情，一方面又有著「和淚」的悲哀與愁苦，而我們認為六一詞在外在色澤上並未顯著的表現出濃麗的色彩，而在意境上卻是深得馮氏深婉的意致，詞概云：「馮正中詞……歐陽永叔得其深」，當是指此而言。

就個人而言，歐公本身內蘊的情性也同樣影響著他，歐陽修四歲而孤，在母親一手養育下成長，孤貧的歲月使他體會到情感的可貴，他曾自言「天與多情絲一把」（〈漁家傲〉），在面對人生時，他總是情感深摯的，他愛父母，因而有（〈瀧岡阡表〉）中款款深情的流露，他愛妻兒，兩度喪妻，數度喪子，更在他心靈中留下深刻的烙印，他更愛家國，不時恪盡其拳拳之忠，連仁宗都曾被感動的說：「如歐陽某，何處得來？」，〔註18〕他且「篤於朋友，生則振掖之，死則調護其家」（〈宋史本傳〉），〔註19〕這份濃郁深邃的人間癡情，鑄造了六一詞「人生自是有情癡，此恨不關風與月」的感情世界。六一詞另有一種豪放宕達之作，這除了源於其對大自然天生的敏銳性與親和性外，其個人的政治際遇及生理狀態更是形成此風格的重要因素，蓋歐陽自幼家貧，體質一向衰弱，二十四歲見晏殊時，被形容是「一目眊少年」，〔註20〕四十歲作〈醉翁亭記〉時已自謂是「蒼顏白髮、頹然乎其間」者，而在宋仁宗皇祐元年（1049 年）至熙寧二年（1069 年），二十年間，他的信札上透露著「病目十年，邃為几案所苦」，〔註21〕「某以

〔註16〕稽哲，《中國詩詞演進史》，頁189。
〔註17〕葉迦瑩，《迦陵論詞叢稿》，〈從人間詞話看溫韋馮李四家詞的風格〉一文，頁74。
〔註18〕同註5。
〔註19〕同註6。
〔註20〕王銍，《默記》。
〔註21〕《歐陽修全集》，書簡卷四。

病目，艱於執筆」(同上)，治平二年，他「自春首已來，得淋渴疾，癯瘠昏耗……」，〔註22〕又多了這一難治的病症，熙寧三年，病勢更加嚴重：「中消渴涸，注若漏卮，弱脛零丁，兀如槁木，加以睛瞳氣暈，幾廢視瞻，心識耗昏，動多健忘」，〔註23〕由以上的探究，我們發現歐陽修的生理狀態從四十歲左右已漸漸呈現出衰頹之現象，而在這期間，政治歷程又遭兩次大變，〔註24〕生理與仕途的雙重煎熬，在第一次變居──「張甥案」後，他理性的體會到生命的有限，人世的無常、與悲苦的必然，悟道：

> 悠悠百年一瞬息……其間得失何足校。(〈寄聖俞〉詩)
>
> 浮世歌歡眞易失，宦途離合信難期，尊前莫惜醉如泥。(〈浣溪沙〉)
>
> 岐嶇世路欲脫去，反以身試蛟龍淵，豈如扁舟任飄兀，紅渠綠浪搖醉眠。(〈滄浪亭〉詩)
>
> 車馬九門來擾擾，行人莫羨長安道，丹禁漏聲衢鼓報，催昏曉，長安城裡人先老。(〈漁家傲〉下闋)

寵榮聲利的虛浮，安能比「青雲白石」的機趣？何不脫去這滿身的伽鎖，「買田築室老其下，插秧盈疇兮，釀酒盈缸」呢？(〈千葉梨花紅〉)詩，他於是投入大自然和酒的懷抱裡，表現出「穩泛平波任醉眠」的豪宕之作，而這一類作品也正是歐公生命情調抉擇的披露。

(二)自內省到非內省

蘇軾居士集序曰：「宋興七十餘年，民不知兵，富而教之，至天聖景祐極矣，而斯文終有愧於古，士亦固陋守舊，論卑而氣弱。自歐陽子出，天下爭自濯磨，以通經學古爲高，以救時行道爲賢，以犯顏納諫爲忠。長育成就，至嘉祐末，號稱多士，歐陽子之功爲多」。《宋史》本傳又載保州（河北保定）發生兵變，歐陽修時爲河北都轉運使，

〔註22〕同上註，卷五。

〔註23〕《歐陽修全集》，卷四表奏書啓四六集，〈蔡州再乞致仕第一表〉。

〔註24〕參考註9、註10。

當時「脅從二千人分隸諸部，富弼為宣撫使，恐後生變，將使同日誅之，與脩遇於內黃夜半屏人告之故，脩曰：『禍莫大於殺已降，況脅從乎？既非朝命，脫一郡不從，為變不細』，弼悟而止」，由以上兩段記載，我們看出歐陽既明智且富理性，其識見及謀慮都可謂是政治長才，因而後人總以為充滿情思的《六一詞》絕非其所作，事實上正如英國詩人華滋華斯所說：「詩是起於沉靜中回味得來的情緒。」文學創作不能是純情感的活動，它應該是理智和情感的揉合，一個作家對人生理性的瞭解愈深，則其關懷與情感也當愈深，歐陽修雖然極具理性，而此理性正是來自於人生經驗的累積，和情感不僅不相衝突，且若壎篪之相須，本此，我們認為所謂「製作者的感情融入得越多，便越不理性……越接近『內省型』，反之，當製作者的感情融入得越少，便越理性……越接近『非內省型』」，〔註25〕這樣的議定內省和非內省似不夠精審，任何文學作品（包括六一詞）皆不能用內省或非內省來涵概它。一部情感充沛的「內省」作品，必定具有能理性透視人生的『非內省』特質，反之亦然，因而我們認為《六一詞》既是內省的，也是非內省的。

（三）寫實到非寫實

「詞之妙，莫妙以不言言之，非不言也，寄言之，如寄深於淺，寄厚於輕，寄直於曲，寄實於虛，寄正於餘者也。」，〔註26〕由而可見，詞最高的形式表現乃在於寄言，即情景交融也，六一詞在表達情感時，擅於為情感找尋一個「客觀投影」（objective correlative）。即「一組事物，一個情況，一連串事故，被轉變成為情感表達的公式，於是當這些外在事物出現時，外在事物總是訴諸於人的感觀經驗—那個情感便立刻被激引起來，〔註27〕因此我們可以說六一詞是以寫實的方式來看現一種非寫實的情感世界。例如：

〔註25〕同註13，頁298。
〔註26〕陳廷焯，《詞概》。
〔註27〕顏元叔，《文學的玄思》，頁178。

庭院深深深幾許，楊柳堆煙，簾幕無重數，玉勒雕鞍遊冶
處，樓高不見章臺路。雨橫風狂三月暮，門掩黃昏，無計
留春住，淚眼問花花不語，亂紅飛過鞦韆去。(〈蝶戀花〉)

這是一首濃烈的傷春之作，一開始鏡頭由遠而近的從深邃的庭院及院
旁的茂密楊柳移到詩人于高閣中冥想的沈思狀，他想要尋覓過去騎著
玉勒雕鞍流戀舞榭歌臺的那條章臺路，卻發現它望也望不見了，這使
他充塞著滄海桑田，光陰流逝的悲哀，而興起惜春的感慨，然而這時
正是狂風暴雨的暮春時節，即使把黃昏藏匿在門裡，也無法留住這稍
縱即逝的春光，詩人此時滿眶是淚，想問花朵，為何春天一定要離去？
他的情感隨著淚水之奔流而達到了純度的極點，詩人巧妙的于此戛然
而止，以「亂紅飛過鞦韆去」一景截情，深刻的道出了春的無情與人
的無奈，作者情景交融的手法，可謂已至妙化之境。又如：

候館梅殘，溪橋柳細，草薰風暖搖征轡，離愁漸遠漸無窮，
迢迢不斷如春水。　　寸寸柔腸，盈盈粉淚，樓高莫近危
闌倚，平蕪近處是春山，行人更在春山外。(〈踏莎行〉)

這是描述閨人與征人的離情別緒之作，首二句勾勒出別時的場景，離
人踏著薰草，迎著和風，在滿是垂柳縈畔的橋上馳騁而去，留給閨人
無窮無盡的愁苦，詩人此時把抽象的離情客觀的投射在迢迢的春水
裡，筆勢由此一縱，使人依稀感覺到那愁正如同春水，一波一波的在
閨人的內心起伏跌宕著，下闋細寫閨人的愁苦及憑闌遠望後的失意，
他不著一悲悽之字，而悲悽卻藉著「平蕪盡處是春山，行人更在春山
外」的遼闊視界綿延著，造成深致綿邈的情韻，再如：

別後不知君遠近，觸目淒涼多少悶，漸行漸遠漸無書，水
闊魚沉何處問。　　夜深風竹敲秋韻，萬葉千聲皆是恨，
故鼓單枕夢中尋，夢又不成燈又燼。(〈玉樓春〉)。

也是將思念亡妻的深情客觀的投影在風竹中，藉竹韻以託其怨。以上
皆是在情未盡時，忽以景語接之，而情正好投射在這些景物中，景物
成了情感表達的投影，歐公的情感也因而纏綿著，除此外：

一覺年華春夢促，往事悠悠，百種尋思足，煙雨滿樓山斷

續，人閒遍闌干曲。(〈蝶戀花〉下闋)

薄倖未歸春去也，杏花零落香紅謝。(〈蝶戀花〉)

草際蟲吟秋露結，宿酒醒來不記歸時節，多少衷腸猶未說，珠簾夜夜朦朧月。(〈蝶戀花〉)

離愁難盡，紅樹遠連霞。(〈臨江仙〉)

皆是此類。

又如：

春山斂黛低歌扇，暫解吳鉤登祖宴，畫樓鐘動已魂銷，何況馬嘶香草岸。(〈玉樓春〉上闋)

此闋詞寫離別友人之情，作者因已之悲哀之情而自然的移情入馬，寫出連馬也在為人們的別離嘶喊著，而激迴出人的悲傷則又勝於馬，歐陽修藉此強化了感情的深度，他如：

煙霏霏、風淒淒，重倚朱門聽馬嘶，寒鷗相對飛。(〈長相思〉)

南園春早踏青時，風和聞馬嘶。(〈阮郎歸〉)

尋斷夢，掩深閨，行人走路迷，門前楊柳綠陰齊，何時聞馬嘶。(〈阮郎歸〉下闋)

歐陽修成功的利用情景的搭配，以寫實的手法表達非寫實的情境，其技巧之高妙可見矣。

（四）自古典到浪漫

詞本身以情致為主，羅泌序六一詞曰：「公性王剛，而與物有情，蓋嘗致意於詩，為之本義，溫柔敦厚，所得深矣。」而胡適又曰：「歐陽修的詞直接花間之風」，都可證明六一詞是浪漫的。

由以上四個角度，我們歸納出一個結論：歐陽修以他的理性透析萬物，對生命有無限的關懷與瞭解。因著這份瞭解，他對人生產生出醇厚的情感，表現出「人生自是有情癡」的情感世界，而也由於這份關懷與瞭解，他懂得以「穩泛平波任醉眠」為他個人生命情調的抉擇，以下我們將就這兩個論點更透徹的去認識歐陽修的心靈世界。

四、六一詞的情感世界——人生自是有情癡，此恨不關風與月。

情感的世界旖旎而繽紛，詩經純真樸真的筆調，幾千年來，疊唱出的是古老民族溫柔敦厚的情感世界，楚辭典雅瑰麗的筆致，更不止的在傳唱著靈均跌宕奔騰的情感世界，然而，不論是溫柔敦厚，亦或跌宕奔騰，「情」一直是文學作品的靈魂之所繫，張潮更說：「情之一字，所以維持世界」(《幽夢影》)，在《六一詞》中，歐陽所企圖表達的則是一種「人生自是有情癡，此恨不關風與月」(〈玉樓春〉)的深情世界，這個世界如何呢？以下擬藉(一)悼亡妻之情(二)友情(三)傷春之情，三方面的探討，以一睹其情感世界的寶殿。

（一）悼亡妻之情

歐陽修二十四歲開始在政壇嶄露頭角，同年(仁宗明道二年)娶胥偓之女為妻，胥夫人年方十七，二人鶼鰈情深，幸福的感覺把他的神采裝點得瀟灑飛揚，在〈南歌子〉：「鳳髻金泥帶，龍紋玉掌梳，走來窗下笑相扶，愛道畫眉，深淺入時無。　弄筆偎人久，描花試手書，等閒妨了繡功夫，笑問鴛鴦雙字怎生書？」透露著這對小夫妻的恩愛，但「來如春夢無多時，去似朝雲無覓處」(〈玉樓春〉)，一年後，胥夫人因病過世，〔註28〕從此天人兩隔，二十七歲娶楊氏。不幸楊氏亦在一年後病逝，歐陽修在三年之間，兩度面對愛情的幻滅，自認是「天把多情賦」(〈御街行〉)的他，在哀傷絕望之際吟詠著：

> 燕鴻過後春歸去，細算浮生千萬緒，來如春夢幾多時，去似朝雲無覓處。　聞琴解珮神仙侶，挽斷羅衣留不住。勸君莫作獨醒人，爛醉花間應有數。(〈玉樓春〉)
>
> 別後不知君遠近，觸目淒涼多少悶，漸行漸遠漸無書，水闊魚沈何處問。　夜深風竹敲秋韻，萬葉千聲皆是恨，故攲單沈夢中尋，夢又不成燈又燼。(〈玉樓春〉)

〔註28〕〈關於歐陽修的幾件事〉，《書和人》一三〇期，據作者考證胥氏、楊氏皆卒於當年的傳染性肺結核病。

　　沉思冥想著過去那段司馬琴挑，江妃解珮的歲月，還記得宴爾新婚時，她總打扮得雍榮華貴，神采奕奕，嬌滴可人的迎著他問道：「你看我的眉線有沒有畫得過深或太淺呢？」有時，她伴他刺著繡，滿心的幸福之感，總使她喜悅的放下手上未完成的繡花，俏皮的問道：「鴛鴦兩字該如何寫呢？」一幕幕的往事總在夜闌人靜時浮現他的腦中，窗外風敲竹葉的聲響，聲聲抖落著他心靈深處無垠的憾恨，這份無可消除的惆悵，使人無計相迴避，「多情總為多情苦」，誰說不是呢？又如：

> 學畫宮眉細細長，芙蓉出水鬥新妝，只知一笑能傾國，不信相看有斷腸。　　雙黃鵠，兩鴛鴦，迢迢雲水恨難忘，早知今日長相憶，不及從初莫作雙。(〈鷓鴣天〉)

> 乞巧樓頭雲幔卷，浮花催洗嚴妝面，花上蛛絲尋得遍，卑笑淺，雙眸望月牽紅線。　　奕奕天河光不斷，有人正在長生殿，暗付金釵清夜半，千秋願，年年此會長相見。(〈漁家傲〉)

當他懷念的情感到達飽和時，他至癡情的道出：「早知今日長相憶，不及當初莫作雙」，既癡又怨，把內心那癡情作了最真切的表達，他因癡情而心傷，甚至幻想著「有人正在長生殿」，希冀著年年在鵲橋上相見。在他的詞中更常常提到鴛鴦、燕子，這或許是眼前即景的描繪，但若將之看作是對完美愛情的嚮往與企盼，又何嘗不可呢？

> 兩岸鴛鴦兩處飛，相逢知幾時。(〈長相思〉)

> 千花百卉爭明媚，畫梁新燕一雙雙。(〈踏莎行〉)

> 畫梁雙燕棲。(〈阮郎歸〉)

> 海燕雙來歸畫棟。(〈蝶戀花〉)

> 葉籠花罩鴛鴦侶。(〈漁家傲〉)

> 雙黃鵠，兩鴛鴦。(〈鷓鴣天〉)

> 看燕拂風簷，蝶翻露草，兩兩長相逐。(〈摸魚兒〉)

> 驚起鴛鴦，兩兩飛相向。(〈蝶戀花〉)

王國維曾說：「詞之雅鄭，在神不在貌，永叔、少游雖作艷語，

終有品格，方之美成，便有淑女倡妓之別」（《人間詞話》），可謂深中
其的的予歐陽修中肯的批評，蓋歐陽修以眞情爲作品的基石，自然能
「情動於中」而「言於外」，產生出格調高雅的情感雋品，比諸以雕
琢爲要，情感爲飾者之作，豈不是天壤之別嗎？

（二）友　情

歐陽修一生交遊廣闊，友情在他的生命史上佔著極重要的份量，
尤其在洛陽任西京推官時，與梅聖俞、尹師魯、張堯天、楊子聰、張
太素、王幾道等結爲七友，他們在杯盞遊宴間，迭相倡和著，無論是
聳山峻嶺、溪泉幽谷，處處有者他們踏青秀野的蹤跡，然而「人生聚
散如弦箭」（〈玉樓春〉），面對人間的悲歡離合，他只有慨然，這份深
情吾人可從（1）離情（2）別怨（3）別後相見三方面得見：

（1）離　情

春山斂黛低歌扇，暫解吳鈎登祖宴，畫樓鐘動已魂銷，何
況馬嘶香草岸。　　青門柳色隨人遠，望欲斷時腸已斷，
洛陽春色待君來，莫到落花飛似霰。（〈玉樓春〉）

洛陽正值芳菲節，濃艷清香相問發，游絲有意苦相縈，垂
柳無端爭贈別。（〈玉樓春〉上闋）

寒水碧，水上何人吹玉笛，扁舟遠送瀟湘客。　　蘆花千
里霜月白，傷行色，來朝便是關山隔。（〈歸自謠〉）

花外倒金翹，飲散無憀，柔桑蔽日柳迷條，此地年時曾一
醉，還是春朝。　　今日舉輕橈，帆影飄飄，長亭回首短
亭遙。過盡長亭人更遠，特此魂銷。（〈浪淘沙〉）

尊前擬把歸期說，未語春容先慘咽，人生自是有情癡，此
恨不關風與月。　　離歌且莫翻新闋，一曲能教腸寸結，
直須看盡洛城花，始共春風容易別。（〈玉樓春〉）

表現出的癡情讓人涵詠低迴不盡，人多喜聚合，「悲莫悲兮生別離」
（〈九歌少司命〉）一直是人類心聲的祖露，尤其「自古多情傷離別」
（柳永〈雨霖鈴〉），多情的人什麼時候才能袪除這教人黯然神傷的悲

哀？是「看盡洛城花」的時候吧，那時，再也看不到慘咽的春容，也再不會有愁腸寸結的人們了，表面上看來，仿彿這人間的哀情在「直須看盡洛城花」的前提下，終有一日是能避免的，然而，何時是「看盡」的時候呢？只要世界依舊，芳草就會年年芊綿新綠，而人聚人散的悲哀亦將不斷的重演著，寫離情反以豪語出之，訴哀傷卻以喜悅為藉，字面的豁達深刻，尖銳的反襯出內心的癡迷，誰說他不是情癡呢？

（2）別　憶

假使離別後，那多情的情絲也隨而了斷也就罷了，然而那份刻骨銘心的記憶，卻總在「關山自茲始，揮袂舉輕策」（〈別聖俞〉詩）之後向他襲擊著：

> 當時共我賞花人，點檢如今無一半。（〈玉樓春〉）
>
> 憶昔日西都懽縱，自別後，有誰能共，伊川山水洛川花，細尋思，舊遊如夢。（〈夜行船〉上闋）
>
> 何處笛，深夜夢回情脈脈，竹風簷雨寒窗隔，離人幾歲無消息，今頭白，不眠特地重相憶。（〈歸自謠〉）
>
> 畫閣歸來春又晚，燕子雙飛，柳軟桃花淺，細雨滿天風滿院，愁眉歛盡無人見。　　獨倚闌干心緒亂。芳草芊綿，尚憶江南岸，風月無情人暗換，舊遊如夢空腸斷。（〈漁家傲〉）
>
> 把酒祝東風，且共從容，垂楊紫陌洛城東，總是當時攜手處，遊遍芳叢。　　聚散若匆匆，此恨無窮，今年花勝去年紅，可惜明年花更好，知與誰同？（〈浪淘沙〉）

洛陽，的確是讓人懷念不已的，他們曾在大自然的懷抱中真摯的高談闊論著，也曾在一觴一詠之間共訴衷曲，垂楊紫陌、綠楊芳叢，無處不曾留下他們的蹤跡，而今，花開得和當年一樣明艷，而故友們呢？他們為何幾歲無消息，難道人間的聚散真的只像夢一樣，一場場的開演著，卻又一幕幕的在人們未看清時就銷聲匿跡了嗎？明年此時，花仍然會一樣的盛放，這道理誰不懂呢？只是它敵不了人間的情鎖，如果抵禦得了，世上怎有那麼多癡情者呢？

（3）別後重逢

風雨故人來乃人生一大樂事，尤其是相別十載之餘後，個人都歷盡了人世各種的變化，彼此都有太多的感觸要傾吐，因而誰不為那一刻興奮著呢？當年杜甫竟喜悅而懷疑的問道「今夕是何夕，共此燈燭光」（〈贈衛八處士〉），歐陽修則驚喜的要暢飲一杯，把握須臾的歡娛。例如：

> ……千年一別須臾，人生聚散常如此，相見且歡娛，好酒能消光景，春風不染髭鬚，為公一醉花前倒……（〈聖無憂〉）

> 十載相逢酒一卮，故人纔見便開眉。（〈浣溪沙〉）

> 記今日相逢情愈重。（〈夜行船〉）

> 十年一別流光速，白首相逢，莫話衰翁，但尊前語笑同。勸君滿酌君須醉，盡日從容，畫鷁牽風，即去朝天沃舜聰。（〈采桑子〉）

> 兩翁相遇逢佳節，正值柳綿飛似雪，便須豪飲敵青春，莫對新花羞白髮……（〈玉樓春〉）

只因為了解聚散的無常，也同為情深，他珍惜那剎那的永恆，讓大家莫歎昔逝，勿話流年，只要豪放的暢飲就是最美好的把握方式，他豪情四溢，卻改變不了自然遞變的規則，歡暢掬顏，卻抵擋不了再度話別後盈懷的無奈，情之深者，能不為之動容乎？

（三）傷春之情

所謂「春」，一指四季之春，一指生命之春，而不論為二者之一，「春」所蘊涵的意象都是躍動鮮活的，它該是「百花次第爭先出」（〈漁家傲〉），「更值牡丹開欲遍」（〈漁家傲〉）的時節，而在歐公多情的眼眸裡，「春」卻是令人愁苦難當的，他的愁苦，來自於崢嶸淘爛後的殘紅飛絮，來自於「世間何計可留春」（〈蝶戀花〉），更來自於年華老大，青春不再的無奈，而追根究底則是源於那份對生命的癡情和眷戀：

（1）傷四季之「春」

> 春愁酒病成惆悵。（〈蝶戀花〉）

殘春一夜狂風雨，斷送紅飛花落樹，人心花意詩留春，春色無情容易去。(〈玉樓春〉上闋)

關心只爲牡丹紅，一片春愁來夢裡。(〈玉樓春〉)

把酒送春惆悵甚，長凭，年年三月病懨懨。(〈蝶戀花〉)

鶯愁燕苦春歸去。(〈虞美人影〉)

花無數，愁無數，花好卻愁春去。(〈鶴沖天〉)

腸斷月斜春老。(〈憶漢月〉)

東風本是開花信，及至花時風更緊，吹開吹謝苦匆匆，春意到頭無處問。把酒臨風千萬恨，欲掃殘紅猶未忍，夜來風雨轉離披，滿眼淒涼愁不盡。(〈玉樓春〉)

（2）生命之春

陸游〈春晚書懷〉詩：「老客天涯心尚孩，惜春直欲挽春回」，把人類在生理的限度下，卻欲以不服老的雄心大志，戰勝造物者的悲壯心態，表達盡致，而歐陽修亦曾道：

嗟我今年已白髮。(〈送呂夏卿〉)

到今年纔三十九，怕見新花羞白髮。(〈病中代書奉寄聖俞三十五兄〉)

多難我今先白髮。(〈送姜秀才遊蘇州〉)

我年雖少君，多髮已揖揖。(〈別後奉寄聖俞二十五兄〉)

平明起照鏡，但畏白髮生。(〈蟲鳴〉)

老驥但伏櫪，壯心良可悲。(〈奉答原甫九月八日見過會飲之作〉)

頹顏衰髮互相詢……老驥骨可心尚壯。(〈送張生〉)

夢寐江西未得歸，誰憐蕭颯鬢毛衰。(〈寄閣老劉舍人〉)

昔日青衫令，今爲白髮翁。(〈秀才歐世英惠然見訪，於其還也，聊以贈之〉)

由此可見，他一樣有著「老驥伏瀝，壯心未已」的悲哀，面對「白髮」的敏感，正是畏懼有限生命將逝的袒露，也正是對蜉蝣一世滿懷眷戀的表白，且看他的詞：

> 去年綠鬢今年白。(〈採桑子〉)
>
> 月白風清，憂患凋零，老去光陰速可驚。(〈採桑子〉)
>
> 年華容易即凋零，春色只宜長恨少。(〈玉樓春〉)
>
> 雪雲乍變春雲簇，漸覺年華堪送目。(〈玉樓春〉)
>
> 如此春去又春來，白了人頭。(〈浪淘沙〉)
>
> 一覺年華春夢促。(〈蝶戀花〉)
>
> 白首相逢，莫話衰翁。(〈採桑子〉)
>
> 莫對新花羞白髮。(〈玉樓春〉)
>
> 白髮戴花君莫笑。(〈浣溪沙〉)
>
> 白髮主人年未老。(〈浣溪沙〉)

他一直願意承認自己已老，屢次強調著「白髮主人年未老」，「白首相逢，莫話衰翁」，「白髮戴花君莫笑」，表面上看來，這樣的傾吐所代表的意義是開朗樂觀的，然而，也由於這種過份的樂觀，我們隱約的感受到他內心的悲情，感受到他在生理與心理的矛盾中所作的掙扎，他仿彿企圖在有限的格式中，作無限的追求，因而我們認為他所傳達的不僅是其自身的悲情，也是亙古以來任何一個情感豐富者，內心永恆的悲哀，它更將宛若江河，永無止盡的在人類多感的心靈中緜延流動者。

除了以上所探討的悼亡妻之情，友情，傷春之情外，歐陽修更有一類作品描摩閨情，這類作品多淺白而真情流露，「寫得極細膩婉和，最能傳出女兒家的心事」(薛礪若《宋詞通論》)，茲舉數例如下：

> 瘦覺玉肌羅帶緩，紅杏梢頭，二月春猶淺，望極不來芳信斷，音書縱有爭如見。(〈蝶戀花下闋〉)
>
> 幾日行雲何處去，忘了歸來，不道春將暮，百草千花寒食路，香車繫在誰家樹。　淚眼倚樓頻獨語，雙燕來時。陌上相逢否，撩亂春愁如柳絮，依依夢裡無尋處。(〈蝶戀花〉)
>
> 愁倚畫樓無計奈，亂紅飄過秋塘外，料得明年秋色在，香可愛，其如鏡裡花顏改。(〈漁家傲下闋〉)
>
> 驚鴻過後生離恨，紅日長時添酒困，未知心在阿誰邊，滿

眼淚珠言不盡。(〈玉樓春下闋〉)

梅棺弄粉香猶嫩，欲寄江南春信，別後寸腸縈損，說與伊爭穩。　　小爐獨守寒灰爐，忍淚低頭畫盡，眉上萬重新恨，竟曰無人問。(〈虞美人影〉)

卷繡簾，梧桐秋院落，一霎兩添新綠，對小池，閒立殘妝淺，向晚水紋如縠，凝遠目，恨人去寂寂，鳳枕孤難宿，看燕拂風簷，蝶翻露草，兩兩長相逐。(〈摸魚兒〉)

看到這些詞也許我們會訝然於歐陽修竟能把女子的心理掌握的那麼微細精緻，但假使考察一下當時的社會風尚，即可知文人與妓女之間交往頻繁，文人之艷詞多為贈妓而作，他們朝夕相處，對於女子心態必能觀察細膩，察此，我們就不難想像這些詞是歐陽修於宴席間贈妓之作，我們甚至可由這類作品間接的體認到歐陽修感情世界中風流瀟灑的一面。

五、六一詞生命情調的抉擇──穩泛平波任醉眠

　　亙古以來的人類，以他們的一生為實驗，證實了生命是苦多於樂的，生老病死的必然歷程，月圓月缺的自然天象，以及聚散次第的人間變化，至今猶困擾著所有的人們，有些人完全以情感面對，或逃避苦痛，終日沉醉於記憶中的「舞低楊柳樓心月」，或感歎苦痛，時吟「人生長恨水長東」，更甚者，乃不察痛苦是無可避免的，徒似滿腹的熱情去承載所有的痛苦；有些人完全憑自我思索後的理性（此理性但用於人我利害之辨別，狹隘而堅硬，因而與感情乃格格不入，一般人之理性乃指此也）面對，他們或無感於花謝花開的有情世界，或竟以道學家的面孔嚴斥感時濺淚者的愚不可及；有些人以人生經驗累積而成的理性面對，他們或藉著理性來決定處置痛苦的方武。或以宕達的心態去賞玩人生的苦境；而我們曾說歐陽修的理性是來自於生活經驗的累積，因此，他能在飽嘗感情世界的聚散離合之苦及現實的顛波挫折之後，對天道盈虧之理有所體悟，由這一體悟，他轉而以宕達的

心態去賞玩悲苦，創出宕達豪放的風格，我們且以「穩泛平波任醉眠」（〈採桑子〉）一語概括之，並分析如下：

（一）酒

歐陽修對酒有著特殊的喜好，四十歲在滁州自號「醉翁」，六十四歲號「六一居士」，其一生中有五種令他樂得連「泰山在前而不見，疾雷破柱而不驚」（〈六一居士傳〉）的物品之中，有一樣即是「酒一壺」，在他的六一詞一百七十一首作品中，提到「酒」之處共有五十一首，約占三分之一強，由此看來，我們可以肯定歐陽修具有著古今文人的通好一性嗜酒。

酒，文人以之入詩或詞，不外二種情形，一為飲酒使人無憂無慮，強調飲酒能解除現實人生的苦悶，「何以解憂，唯有杜康」是他們一致奉守的圭臬，二為飲酒後理想世界的投射，強調「物我合一」的高超境界，如「不覺知有我，安知物為貴，悠悠迷所留，酒中有深味」（〈陶淵明飲酒詩第十四首〉），「醉後失天地，兀然就孤枕，不知有吾身，此樂最為甚」（〈李白月下獨酌〉），而歐陽修所展現的則屬第一種，他曾道：

> 無情木石尚須老，有酒人生何不樂。（〈新霜二首之一〉）
>
> 昨日枝上紅，今日隨流波，物理固如此，去來知奈何，達人但飲酒，壯士徒悲歌……人生浪自苦，得酒且開釋。（〈折刑部海棠戲贈聖俞二首之一〉）
>
> 白髮盈簪我可嗟，試問弦歌為縣政，何如罇俎樂無涯。（〈送謝中舍二首〉）
>
> 我有一罇酒，念君思共倒，……為君發朱顏，可以卻君老。（〈霽手植菊花過節始開，偈書奉呈聖俞〉）
>
> 人生行樂在勉彊，有酒莫負琉鍾。（〈豐樂亭小飲〉）
>
> 人生足憂患，合散乃常理，惟應當歡時，飲酒如飲水。（〈送裴如海之吳江〉）
>
> 誰能慰寂寞，惟有酒如霞。（〈春雪〉）

人類的聚散匆匆及年華的短暫易逝，顯然是他「盃行到手莫辭醉」（〈聖

俞會飲〉）的主要原因，他多麼希望和親友們永遠的長相聚守，多麼企盼著生命沒有終點站，然而「聚散乃常理」，「無情木石尚須老」，渺若一粟的個人怎改變得了這一切呢？面對這些既定的事實，有些人終日徒悲歌，而豁達的人呢？當他們感悟到「前者既已然，後來寧得久」時，他們所作的決定又是什麼呢？歐陽修告訴我們的正是他在體悟到人生悲苦的必然性後，由感歎人生轉而爲賞玩人生，進而豪放的舉起杯觶，用一杯酒抵禦一切悲苦的宕達心態，在六一詞中，我們更可印證這一心態，如：

勸君滿酌君須醉。（〈採桑子〉）

老去風情應不到，憑君剩把芳尊倒。（〈蝶戀花〉）

勸君莫作獨醒人，爛醉花間應有數。（〈玉樓春〉）

便須豪飲敵青春，莫對新花羞白髮。（〈玉樓春〉）

把酒花前欲問伊，忍嫌金盞負春時，紅艷不能旬日看，宜算，須知花謝只相隨。蝶來蝶去猶解戀，難見，回頭還是度年期，莫候飲闌花已盡，方信，無人堪與補殘枝。（〈定風波下闋〉）

今歲春來須愛惜，難得，須知花面不長紅，待得酒醒君不見，千片，不隨流水即隨風。（〈定風波下闋〉）

對酒追歡莫負春……粉面麗姝歌窈窕，清妙，樽前信任醉醺醺，不是狂心貪燕樂，自覺，年來白髮滿頭新。（〈定風波下闋〉）

浮世歌歡眞易失，官途離合信難期，尊前莫惜醉如泥。（〈浣溪沙〉）

文章太守，揮毫萬字，一飲千鍾。（〈採桑子〉）

花氣酒香清廝釀，花腮酒面紅相向，醉倚綠陰眠一餉。（〈漁家傲〉）

落葉西園風嫋嫋，催秋老，叢邊莫厭金樽倒。（〈漁家傲〉）

當筵莫放酒杯遲，樂事良辰難入手。（〈玉樓春〉）

> 不醉難休，勸君滿滿酌金甌，總使花前常病酒，也是風流。
> （〈浪淘沙〉）
>
> 任是好花須落去，自古，紅顏能得幾時新，暗想浮生何事
> 好，唯有，清歌一曲倒金樽。（〈定風波下闋〉）
>
> 把酒花前欲問他，對花何怯醉顏酡，春到幾人能爛嚼，何
> 況，無情風雨等閒多。（〈定風波〉上闋）
>
> 六么催拍盞頻傳，人生何處似尊前。（〈浣溪沙〉）

從他的吐露裡，他似乎對酒以外的一切毫無希冀了，也使人感覺到，
他並非真的愛酒，愛燕飲遊樂，而所以要「樽前信任醉醺醺」、「尊前
莫惜醉如泥」、「叢邊莫厭金樽倒」、「乃不是狂心貪燕樂，自覺年來，
白髮滿頭新」，亦即在酒的世界裡，他感受不到現實世界裡。因癡情
而造成的種種悲苦，在酒後的昏醉中，他用不著感歎「好花須落去，
紅顏能得幾時新」（〈定風波〉），更不須去憂慮「花面不長紅，……千
片，不隨流水即隨風」，去吟嘆「官途離合信難期」，這也無怪乎他要
說人生最美好的一刻是「唯有清歌一曲倒金樽」了。

（二）大自然

歐陽修三十歲被貶夷陵起，和大自然結下了不解之緣。大自然成
為除去酒以外，伴著他渡過憂患歲月的良朋，往後在每一次的貶謫
裡，他都能以其獨有的纖心巧思及豐富的情感，去感受大自然的玄
奧，我們在他多篇貶謫時的作品中發現，他時時皆能怡然自得，即使
在風俗朴野的夷陵，他都能欣賞到它的美，而謂夷陵：「少盜爭，而
令之日食，有稻與魚，又有橘柚茶筍四時之味，江山美秀而邑居繕完，
無不可愛」（〈至喜堂記〉），而在四十歲被貶滁州時，一般或認為「張
甥案」的恥辱可能令他一蹶不振，但我們發現他的心懷卻是坦盪如
昔，他賦憤懟於山水，「仰而望山，俯而聽泉，掇幽芳而蔭喬木，風
霜冰雪，刻露清秀」（〈豐樂亭記〉），更以其敏銳的觀察力賞玩著大自
然，他寫道：「若夫日出而巖穴開，雲歸而巖穴暝，晦明之變化者，
山間之朝暮也，野芳發而幽香，佳木秀而繁陰，風霜高潔，水落而石

出者，山間之四時也，朝而往，暮而歸，四時之景不同，而樂亦無窮也」（〈醉翁亭記〉），在他眼中。任何窮鄉僻野仿彿都是人間仙境，無不可愛，也無不可樂，尤其是採桑子十三首，描寫安徽阜陽西北的西湖百態，更印證了歐陽修皈依山水的生命意願：

> 春深雨後西湖好，百卉爭妍，蝶亂蜂喧，晴日催花暖欲然。
> 蘭橈畫舸悠悠去，疑是神仙，返照波間，水闊風高颺管絃。
> 殘陽夕照西湖奸，花塢蘋汀，十頃波平，野岸無人舟自橫。
> 西南月上浮雲散，軒檻涼生，蓮芰香清，水面風來酒面醒。
> 輕舟短棹西湖好，綠水逶迤，芳草長堤，隱隱笙歌處處隨。
> 無風水面琉璃滑，不覺船移，微動漣漪，驚起沙禽掠岸飛。
> 畫船載酒西湖好，急管繁絃，玉盞催傳，穩泛平波任醉眠。
> 行雲卻在行舟下，空水澄鮮，俯仰留連，疑是湖中別有天。
> 清明上巳西湖好，滿目繁華，爭道誰家，綠柳朱輪走鈿車。
> 遊人日莫相將去，醒醉諠譁，路轉堤斜，直到城頭總是花。
> 群芳過後西湖好，狼藉殘紅，飛絮濛濛，垂柳闌干盡日風。
> 笙歌散盡遊人去，始覺春空，垂下簾櫳，雙燕歸來細雨中。

歐陽修靈魂的觸鬚犀利的捕投了西湖的盛景，不論是春深雨過後，或殘陽夕照後，或輕舟短棹盡列於無風水面時，或畫船載酒來時，或清明上巳時節，西湖總有它獨特的風貌，而尤其是描寫群芳過後的西湖，更充分的表達了歐公的生命情趣，此闋詞上片首三句寫西湖在殘紅過後的零落與淒涼，四句卻接以風中垂柳飄搖之景，予人一種新的感受，下片首二句著力寫「春空」，此時笙歌已盡，遊人亦散，一片暮春之景，而正當詩人不忍卒睹這片景象而欲垂下簾櫳時，映入眼中的竟是從細雨中輕快歸來的雙燕。畫面由寂寥而變為飛躍，似乎也暗示著人的心態由低潮而重尋到生機，把歐公面對人生悲苦時所抱持的賞玩意態表露無遺。

「穩泛平波」的意趣是大自然的恩賜，「任醉眠」是酒後無憂無慮的美妙世界，「穩泛平波任醉眠」則是投入大自然與酒後生命情調

的展現，歐公在大自然和酒的天地裡，那份澹然與自得，眞是令人「疑似神仙」（〈採桑子〉）。

六、結　論

　　愛情、友情，或各種人間的眞情塑造了一季人們生命中的春天，但「春天」總是短暫的，相對的，人生更是須臾的，多少人深情的欲挽住春光，卻在挽不住的春光中白了人頭，多少人癡心的欲留住生命中的春天，卻終究是「不奈情多無處足」的體現出「人生自是有情癡，此恨不關風與月」的感情世界。而歐陽修的可貴處在於他雖曾是情癡，卻能在悲苦的歷練下，理性的走出情感的濫觴，而以一種賞玩悲苦的心態寓情於酒，強調「尊前百計得春歸，莫爲傷春歌黛蹙」（〈玉樓春〉），並發現造化之妙，呈現出「穩泛平波任醉眠」的生命情調，既能透入，又能透出，已經到達王國維所謂「眾裡尋他千百度，驀然回首，那人卻在燈火闌珊處」的人生第三種境界了。最後我們願以歐詞「芳菲次第還相續，不奈情多無處足，尊前百計得春歸，莫爲傷春歌黛蹙」（〈玉樓春〉）四語，作爲歐陽修一生之生命情調、情感世界的寫照與本文的結語。

參考書目

1. 《宋史》，藝文印書館。
2. 《中國文學史》，葉慶炳，弘道文化事業出版。
3. 《中國文學發達史》，劉大杰，華正書局。
4. 《詞話叢編》，唐圭璋，廣文書局。
5. 《宋詞通論》，薛礪若，開明書局。
6. 《迦陵論詞叢稿》，葉嘉瑩，明文書局。
7. 《詞曲史》，王易，樂天書局。
8. 《人間詞話》，王國維，開明書局。
9. 《宋詞三百首》，唐圭璋，中華書局。
10. 《詞選》，鄭騫，華岡出版社。
11. 《詞選》，包根弟，輔大文學院叢書。

12. 《中國傳統文學探索》，林明德，巨流圖書公司。

13. 《藝術的奧秘》，姚一葦，開明書局。

14. 《六一詞校注》，蔡茂雄，文津出版社。

15. 《歐陽修的治學與從政》，劉子健，新亞研究所出版。

16. 《歐陽修的生平與學術》，蔡世明，文史哲出版社。

17. 《歐陽修》，王靜芝，河洛出版社。

18. 《歐陽修全集》，華正局書。

19. 《文學的玄思》，顏元叔，驚聲文庫。

20. 《藝概》，劉熙載，廣文書局。

期　刊

1. 〈關於歐陽修的幾件事〉，《書和人》一三〇期。

2. 〈論六一詞〉，陳荊鴻，《文學世界》三十六期五十一年十二月。